# LA FAILLE DE KAÏBER

Né en 1972, Mathieu Gaborit s'est imposé comme le chef de file incontesté de la fantasy française, révélant un talent exceptionnel de bâtisseur d'univers. Il est l'auteur notamment de *Chroniques des Crépusculaires*, *Abyme*, et *Les Chroniques des Féals*.

COLLECTION DIRIGÉE PAR FABRICE COLIN

...on de cet ouvrage
...mpagnée d'une figurine.

# Mathieu Gaborit

# LA FAILLE DE KAÏBER

## Le Cycle des ombres I

ROMAN

## PERSONNAGES PRINCIPAUX

CAER MALOTH : doyenne des dragons de la Lumière au sein de la forteresse de Kaïber.

CYRAEL : nécromancienne d'Achéron, maîtresse des rituels de chair.

KAÏAN DRAGHOST : le Dragon des Ténèbres.

KYLLION LE JEUNE : commandeur des troupes du Lion au sein de la forteresse de Kaïber.

KYRÔ : père de Syd, ancien commandeur des troupes cynwälls de Kaïber.

MELEHÄN : fils de Kyrô et frère de Syd.

ORTHO, LE LÉGAT IMPÉRIAL : commandeur des troupes akkylaniennes de la forteresse de Kaïber.

SOROKIN DE VANTH : liche des ténèbres.

Île de Zoukoï
MER DE SÖL
Île d'Avagd
Plateau de No-Dan-Kar
Archipel d'Orinara
DÉTROIT DE LARONN
Cadwallen
Chaîne du Behëmoth
Tartarus
MER DE SÖL

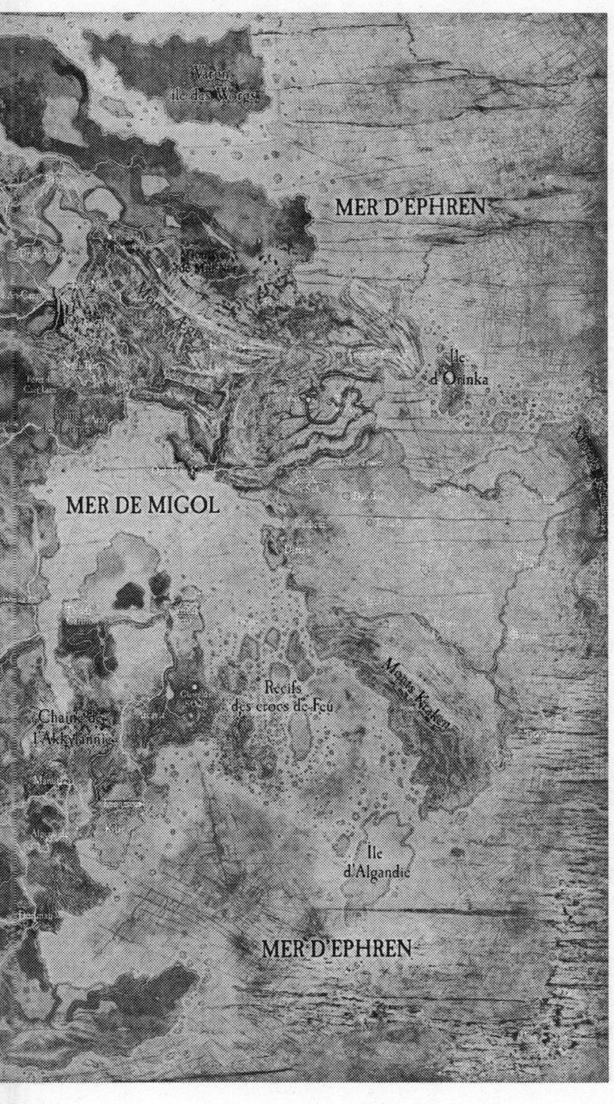

MER D'EPHREN
MER DE MIGOL
MER D'EPHREN
Île d'Orinka
Île d'Algandie
Recifs des crocs de Feu
Monts Kraken
Chaîne de l'Akkylannie
Île des Woggs

**1** : La vallée / **2a** : Contrefort du Levant / **2b** : Contrefort du Ponant (en travaux) / **3** : Le Castel / **3a** : La Harde / **3b** : Barricade de fortune / **4** : La Grise / **4a** : La Porte des Braves / **4b :** La Porte des Audaces / **5** : La Faille / **5a** : Les Ponts de l'Ancien / **6** : La cour de la Citadelle / **6a** : La salle des plans / **6b** : Les écuries Lion / **6c** : La cathédrale du Griffon / **6d** : Les tours Dragons / **6e** : L'Aldérion / **6f** : L'Exianthe / **6g** : Le quartier Heliasthe et l'Atelier / **6h** : Fratries équanimes / **6i** : La cité écarlate / **7** : Le Cercle / **8** : La Porte des Justes.

Chapitre I


Le corps tout entier de l'enfant tremblait. Il était assis dans les fougères, les cuisses ramenées contre la poitrine, le visage rougi par les larmes. Il ne quittait plus le ciel des yeux. Rien ne pouvait le forcer à revoir les cadavres étendus sur le sentier, à croiser le regard éteint de ses parents et celui, si clair et si fragile, de sa petite sœur. Elle gisait dans le fossé et serrait encore dans une main la marionnette de bois qu'il avait sculptée pour son anniversaire.

La scène n'avait duré qu'une poignée de secondes. À l'heure du souper, ils étaient encore une famille. Il y avait des rires, la voix grave de son père et les soupirs de sa mère. Et puis, la forêt avait soudain vomi des ombres. Des créatures sans visage, vêtues de guenilles.

Des spectres.

Ils avaient fondu sur leur charrette en chantant. Non, en sifflant. Ils sifflaient un petit air grinçant et presque joyeux au moment où leurs poignards s'étaient enfoncés dans la poitrine de ses parents. Sa mère avait hurlé et tenté de pousser Aleya dans les fourrés. La petite fille avait obéi et s'était mise à courir, mais Tita, sa marionnette, était tombée. Elle avait voulu rebrousser chemin. Elle ne voulait pas partir sans Tita. Et elle était morte. Égorgée.

Il ne savait pas pourquoi les voleurs de vie l'avaient épargné, mais il s'en fichait. La vie, pour lui, s'arrêtait ici, sur ce chemin d'Algérande, qui longeait les Falaises plaintives de la baronnie. Il ne lui restait plus qu'à se laisser mourir. Il se coucha lentement sur le côté et frémit lorsqu'une main ferme se posa soudain sur son épaule :

— Tu dois vivre pour eux.

Il n'avait pas vu ni entendu approcher celui qui se dressait devant lui. Dans la pénombre, il distinguait à présent une silhouette longiligne drapée dans une cape de soie sombre. L'homme dissimulait ses traits sous un masque gravé. Ses cheveux noirs tombaient en mèches plates sur ses épaules. Ses yeux, gris clair, le jugeaient.

— Ramasse l'épée de ton père, garçon.

La voix était ferme et grave. Jorin se releva lentement. À présent, il était sûr de ce qu'il voyait : devant lui se dressait un elfe cynwäll. Sur son épaule gauche luisait la gueule d'un dragon en métal. Intimidé et ne sachant trop s'il fallait obéir ou fuir, le garçon recula dans les fougères.

— Tes parents sont morts. Ta sœur aussi. Si tu veux leur faire honneur, ramasse cette épée, répéta le Cynwäll.

— Je ne suis pas un guerrier, souffla l'enfant.

— Maintenant, si.

Le jeune garçon recula encore. Son père se méfiait des elfes qui venaient de la terre des dragons en dépit du rôle qu'ils jouaient au sein de l'Alliance de la Lumière. « Ils pensent trop, affirmait-il. Tu regarderas leurs mains. Elles n'ont jamais retourné la terre ni travaillé le bois… »

Il fit un nouveau pas en arrière. L'elfe poussa un soupir et murmura :

– Tu as peur ?

– Oui, j'ai peur, seigneur.

– Pourtant tu es un Lion. Jadis, tes ancêtres furent les Rois de Lumière. L'aurais-tu oublié ?

– C'était il y a longtemps.

– Assez, oui, pour que, toi, tu préfères fuir plutôt que les venger.

– Père voulait que je sois ébéniste. Comme lui.

Les yeux de l'elfe se plissèrent. Il souriait sous son masque.

– Ton père était un imbécile. Aarklash a besoin de guerriers.

L'enfant serra les poings et attrapa une branche qu'il brandit vers le Cynwäll :

– Vous n'avez pas le droit de l'insulter !

– Je ne l'insulte pas. Je dis ce qui est.

– Mon père n'était pas un imbécile, dit-il, le visage crispé.

Une voix féminine lui répondit :

– C'est vrai, petit. Maintenant, repose cette branche.

Celle qui venait de s'adresser à lui était appuyée sur un vieux chêne, légèrement en retrait de son compagnon. Elle portait un masque, tout comme lui, et tenait, dans la main gauche, une arbalète aux arêtes dorées. Elle avait de longs cheveux couleur de miel tressés et noués dans le dos.

– Syd. Laisse-le.

L'elfe ne se retourna même pas et darda sur le garçon un regard sévère.

– Les spectres qui ont tué les tiens… Je les traque depuis onze jours.

– Ce n'est qu'un enfant, dit-elle. Laisse-le, je te dis.

Ce denier pivota lentement vers la jeune femme :

– Silence.

Elle haussa les épaules et se tourna vers un troisième Cynwäll qui venait d'apparaître. Celui-ci était un moine, un Équanime. Vêtu d'une simple jupe de cuir noir, il arborait d'innombrables tatouages qui donnaient à son corps l'allure d'une toile vivante. Soïm appartenait à la Hanse chromatique, dont les disciples maîtrisaient les secrets alchimiques d'une civilisation disparue, l'Utopie du Sphinx. Imprégnées par la magie et traitées dans les creusets du Sphinx, les encres qui tatouaient sa peau lui ouvraient la voie du mimétisme.

Son masque, blanc et lisse, épousait son crâne et suivait la courbe de sa nuque jusqu'aux épaules. Le moine passa devant l'enfant qui brandissait toujours sa branche et s'agenouilla pour prier au-dessus des cadavres. Puis, en silence, il s'engagea dans la forêt, sur les traces des spectres.

– Nelphaëll, suis-le, ordonna Syd.

Elle s'exécuta et s'enfonça dans l'obscurité du sous-bois.

– Toi, ajouta-t-il à l'intention de l'enfant, ramasse cette épée.

Le jeune Lion sentit la menace tout juste voilée dans la voix de l'elfe. Ce n'était ni un souhait ni un conseil, mais une injonction. La mâchoire serrée, il troqua sa branche contre l'épée au pommeau taché de sang.

– Bien, lâcha Syd. Tu es un guerrier. Tu dois oublier le passé. Il n'existe plus. Enterre-le ici, avec les tiens. Ensuite, tu marcheras jusqu'au prochain village. Tu apprendras à te battre et, un jour, peut-être viendrai-je te chercher si tu es digne de combattre dans les rangs de l'Alliance.

– Vous voulez me juger ? Vous n'êtes même pas un Lion !

Syd se porta à sa hauteur et écarta un pan de sa cape pour dévoiler les écailles qui recouvraient son bras droit. La serre de dragon frémit au contact d'un rayon de lune. L'artefact ne constituait pas seulement une arme en soi mais une réelle extension de son corps, une greffe dont les filaments, animés d'une volonté antique, s'enroulaient autour de ses muscles et de ses nerfs.

— Vois ce bras, jeune Lion. Il s'appelle l'Échyrion, il mêle conscience et métal. Ainsi parle la magie des Cynwälls. Et ce bras a servi à Kaïber, là où tes pères sont morts pour contenir les légions d'Achéron. Je ne suis pas un Lion, notre guide m'en préserve, mais j'appartiens, comme toi, à la Lumière. Je suis son serviteur.

Il posa un genou à terre, le visage à hauteur de celui de l'enfant :

— Nous sommes nés à l'Âge des Ténèbres. Tu dois en prendre conscience pour devenir un homme. Tout à l'heure, tu fixais le ciel, mais tes dieux n'écoutent que les esclaves. Ce sont eux qui ont peut-être décidé de sacrifier ta petite sœur pour que tu fasses un choix.

— Alors ils sont cruels. Père disait qu'on ne doit pas vivre… pour se battre mais… se battre pour vivre. Voilà ce qu'il disait.

— Et il avait raison.

— Alors ce n'est pas un imbécile, souffla l'enfant avec un sourire timide.

Syd lui ébouriffa les cheveux et se releva.

— J'ai eu un frère comme toi, jeune Lion. Il est mort.

— Pourquoi ?

— Tu n'as pas à le savoir. Tu lui ressembles, c'est tout.

– Je vais mourir comme lui ?

L'elfe ne répondit pas. Les quatre années passées n'y faisaient rien : le souvenir revenait. Cruel et trop précis pour être dominé. Il salua l'enfant d'un petit hochement de tête, rajusta sa cape et, en foulées silencieuses, disparut dans la nuit.

La forêt s'achevait à moins de trois cents mètres des côtes. Au-delà s'étendait la lande, usée par les vents du large et semée de broussailles rachitiques. L'auberge du Zéphyr s'élevait sur un piton rocheux rongé par le sel. Au fil des années, les clients, le plus souvent des artisans qui longeaient la côte pour vendre leurs produits dans les petits ports de pêche, avaient déserté la vieille bâtisse. Six mois auparavant, l'affaissement de l'écurie avait porté le coup de grâce. Pris de panique, deux chevaux avaient basculé dans le vide et obligé Lilas, la propriétaire, à indemniser ses clients en vendant ses derniers bijoux. Ruinée et surtout le cœur brisé par le silence qui régnait dans cette salle commune qu'elle avait restaurée et aimée des années durant, Lilas attendait la fin comme un capitaine sur son navire.

L'auberge serait son tombeau. Chaque nuit, avant de se glisser sous la couverture, elle s'asseyait devant son miroir et coiffait lentement ses longs cheveux gris. Puis, en dépit de la douleur de ses membres perclus, elle se tortillait pour pouvoir se glisser dans la robe de velours rouge qu'elle portait le jour de ses fiançailles. Elle tenait à quitter ce monde avec dignité et espérait seulement que la mort viendrait sans violence. Certes, ce serait une mort en grand fracas, mais le fracas d'une vie et de ses vieux murs gris qu'elle emporterait avec elle au fond de la mer. Elle parlait souvent à ce piton qui s'étiolait sous l'assaut des vagues. Elle le priait de bien vouloir faire vite car le silence, décidément, la rendait si mélancolique qu'il lui arrivait parfois de s'installer derrière son comptoir dès le lever du jour et de fermer les yeux, des heures durant, pour voir rejaillir autour d'elle le spectacle enivrant d'une salle pleine. Tout lui manquait. Les sourires aussi bien que les empoignades, les enfants comme les adultes, les artisans comme les pêcheurs qui venaient déguster ses civets.

Tout de même, songeait-elle en gravissant l'escalier qui menait à sa chambre, il y avait une époque pas si lointaine où la place manquait. Une main sur la rampe, elle progressait à petits pas lorsqu'un bruit insolite retint son attention. Elle s'immobilisa et tendit l'oreille. Le son montait de la salle commune. Ce n'était pas le vent mais un chuintement, pareil à celui d'un soufflet. Intriguée, elle se retourna lentement et haussa la bougie pour éclairer devant elle.

Le bruit cessa. Les sourcils froncés, elle redescendit au rez-de-chaussée et, à petits pas, fit le tour de la pièce. L'âge lui jouait des tours : porte et volets demeuraient clos. Sans doute s'agissait-il d'un soupir de la maison ou du vent qui jouait dans les fissures qui lézardaient les façades.

Le bruit revint à l'instant même où elle s'engageait sur la première marche. Cette fois, elle l'avait entendu distinctement au premier étage. Les battements de son cœur s'accélérèrent. Elle empoigna la rampe avec conviction et grimpa aussi vite que possible jusqu'au palier sans même songer au danger. Ses vieux os gémirent sous l'effort. Elle reprit son souffle et dressa la bougie au-dessus de sa tête. Il lui sembla distinguer un léger mouvement dans l'obscurité. Elle fit un pas en avant.

La pénombre s'anima. Dans son dos s'éleva un sifflement et son corps se mit à trembler. Elle entra dans la première chambre venue et referma la porte derrière elle. Le loquet verrouillé, elle recula vers le lit et comprit soudain que ce n'était pas seulement le bruit qui l'avait alertée mais l'odeur.

Comme le parfum d'une défroque moisie.

Un cri mourut sur ses lèvres lorsque la poignée tressauta. La porte vibra, puis ce fut le silence. Elle perçut un froissement dans le couloir et sentit la colère l'emporter sur la peur. On jouait avec elle, on essayait de l'intimider. Soulevée par une bouffée d'orgueil, elle troqua sa bougie pour un tisonnier posé contre la cheminée. L'objet était si lourd qu'elle s'y prit à deux mains pour pouvoir le soulever et le brandir devant la porte close

Un nouveau froissement. Plus long, plus étrange encore. Ses mains serraient l'arme improvisée de toutes leurs forces. Elle avait envie de pleurer tant elle aurait aimé que Somak, son époux, fût à ses côtés. Elle retint un sanglot et sursauta au premier sifflement. Elle fit volte-face, le sang glacé. Juste derrière elle se dressait une rangée d'ombres qui l'observaient en silence. Une odeur fétide la frappa de plein fouet. Elle chancela comme si on l'avait giflée. Les spectres frémirent à l'unisson.

Un cri de défi jaillit entre les lèvres de la vieillarde. Les cheveux défaits, ses bras frêles tendus par l'effort, elle chargea les damnés.

Chapitre II

Ils poursuivaient les spectres depuis les faubourgs de Manilia. La plupart étaient des renégats qui avaient rompu le lien avec Achéron et se laissaient guider par leur instinct, portés par les vents magiques qui imprégnaient cette vieille terre de légende. Une rage aveugle de tuer et d'apaiser la souffrance de leurs âmes les consumait de l'intérieur, comme un feu noir et insatiable. Ils erraient le long des Falaises plaintives et ne devenaient dangereux qu'à compter du moment où ils se regroupaient. Cette meute-là s'était constituée sur les cendres d'une bataille, à l'est de l'estuaire qui conduisait à la mer d'Éphren. Elle avait semé la mort sur son chemin et échappé, jusqu'ici, aux battues menées par les troupes du royaume d'Alahan.

Syd avait répondu à l'appel du baron d'Algérande, celui qu'on appelait le Diplomate. Lui et ses deux compagnons formaient un trièdre, une compagnie autonome qui opérait sur l'ensemble des territoires couverts par l'Alliance de la Lumière pour y traquer les damnés.

Tous trois avaient pris position à la lisière de la forêt. Nelphaëll venait de s'accroupir derrière un chêne. Les deux hommes détournèrent le regard.

17

Avec des gestes lents, elle défit les attaches de son masque et exposa sa peau pâle à la brise qui soufflait entre les branches. Ses traits fins contrastaient avec la noirceur de ses yeux, deux pierres noires scellées par un serment. Elle noua ses longs cheveux couleur miel en queue-de-cheval et saisit un étui de nacre posé entre ses jambes. Avec précaution, elle descella le couvercle et retira le construct niché dans son logement pour l'exposer à la lumière naturelle. L'éclat fragmenté de la lune provoqua un premier frémissement de la créature. L'elfe effleura, de la paume, les poils d'iridium qui couvraient l'abdomen et guida, de l'index, le déploiement de la queue.

À ses yeux, la magie du construct résidait dans cette queue annelée dont elle avait si souvent étudié, à la loupe, les articulations gravées de symboles. À l'extrémité, le dard était constitué d'une sphère de cristal de cinq centimètres de diamètre, à cent vingt-deux facettes.

Comme de nombreux Cynwälls, elle considérait le construct comme un relais entre elle et le monde, une façade qui filtrait ses émotions au même titre que son masque. Elle déposa la créature dans le creux de sa main et ferma les yeux pour méditer. Elle épurait son esprit pour y faire le vide et aménager des voies d'accès au construct afin qu'il s'infiltre dans sa conscience. Ses lèvres remuaient en silence au rythme des cent vingt-deux préceptes de l'Empathie véritable. Peu à peu, le silence se fit autour d'elle. L'écho de la nature se confondit avec les battements de son cœur qui marquaient la mesure de l'enchantement.

Les poils du construct commencèrent à piquer son épiderme. Il grimpa le long de son bras en laissant perler de petites gouttes de sang sur son passage, s'attarda un moment au creux de son épaule et finalement grimpa sur son visage. L'empathie naissait, relayée par les poils qui captaient les battements de son cœur. Sa vision, un temps rompue par la présence de la créature, revint petit à petit, filtrée par le fluide magique.

Le construct s'était refermé sur son crâne comme la main d'un géant. Les pattes s'étaient encore agrandies pour se joindre derrière sa nuque. Semblable à une longue-vue, la queue s'était fixée en saillie, dans l'axe de son œil droit. À travers la sphère de cristal, Nelphaëll distinguait le moindre détail à plus de trois cents mètres. Désormais, d'une simple pression mentale, elle imprimerait sa volonté au construct pour rendre son tir infaillible.

L'arme à la main, elle se releva et vint se placer au côté de Syd.

– Tes ordres ?

Syd gardait son regard fixé sur la lande. Enfin, les spectres avaient quitté la forêt pour rejoindre cette vieille auberge visible au bord de la falaise. Le cul-de-sac idéal pour mettre fin à cette traque qui durait depuis trop longtemps.

– Tu vas rester ici. Empêche-les de rejoindre la lisière. Le vent est pour nous. Trop fort pour qu'ils tentent de le braver et de se glisser en bas des falaises. Je vais entrer seul, les provoquer et les faire sortir. Soïm restera à l'extérieur. Tu nous couvriras.

Le moine approuva d'un hochement de la tête.


Les deux elfes laissèrent la forêt derrière eux et s'engagèrent à terrain découvert. Ils progressaient à grandes foulées régulières, les yeux rivés sur la façade de l'auberge. Au-dessus de leurs têtes, le ciel était dégagé, la lune haute et pleine. Ils franchirent une clôture de bois et se séparèrent. Syd progressa seul jusqu'au perron, une vaste terrasse de pierres fissurées. Aucun bruit ne filtrait derrière les volets clos de la bâtisse.

La porte principale n'était pas fermée. Syd renifla, le nez piqué par les relents de pourriture qui s'échappaient dans l'entrebâillement. L'Échyrion se contracta et imprima une vive douleur dans son crâne. Il l'ignora et poussa la porte de la pointe de son épée.

La salle commune était plongée dans le noir. Il demeura immobile, les sens en alerte, le temps que ses yeux s'habituent à l'obscurité. Pour lui, la peur n'était pas une émotion légitime. Elle était une corruption de l'esprit, semblable au courage. La guerre, à son échelle ou à celle du monde, se livrait par l'esprit. «La lucidité pour morale», avait-il confié à Soïm le jour même où le trièdre s'était constitué.

À pas feutrés, il marcha jusqu'à une poutre de soutènement, s'y adossa et jeta un coup d'œil de chaque côté. Les spectres demeuraient invisibles, mais la serre de dragon sentait leur présence. Son épine dorsale vibrait et tendait les muscles de ses épaules. Les cuisines ne révélèrent rien de particulier. Après un examen furtif, il fut convaincu que les damnés avaient trouvé refuge dans les étages.

Il grimpa l'escalier et s'immobilisa à l'entrée d'un couloir étroit flanqué de vieilles portes en bois qui desservaient les chambres de l'auberge. Les lieux vibraient d'une emprise maléfique. Il empoigna la garde de son épée et s'avança lentement. Le plancher craqua sous ses bottes. Du coin de l'œil, il vit un trait de lumière iriser la gueule du dragon qui recouvrait son épaule gauche. Un avertissement. Le Mal était là, tout près. Tapi dans l'ombre.

Il affrontait des créatures éthérées, des âmes scindées entre ce monde et celui des Ténèbres qui, soudain, s'arrachèrent aux murs avec un bruit de succion, pareils à des morts surgissant de terre. Pour elles, un elfe cynwäll était un véritable festin, une manifestation profonde de la force vitale qui inspirait le combat de l'Alliance. Les spectres se bousculèrent dans un froissement d'étoffe, enivrés par la nature de leur proie. Dans leurs mains décharnées, ils brandissaient un crève-cœur, une lame effilée sertie de gemmes noires.

Dans un mouvement synchronisé, Syd se coula au milieu du couloir et frappa le premier adversaire à portée de son arme. La créature parvint à détourner le coup, mais la violence de l'attaque la propulsa brutalement en arrière.

Syd avait anticipé cette parade. Amorce d'une énergie en expansion, l'impact devait amplifier la puissance des attaques à venir. Un savoir illustre pulsait dans ses veines. Son maître d'armes lui avait enseigné l'art premier, celui qui naissait dans les plis invisibles du chaos.

« Maîtrise-le, répétait-il. Il contient l'énergie, qui elle-même contient la force. Pour une seule seconde, il y a autant de futurs que de lames croisées. Ta volonté doit être métal, Syd. Ce n'est pas elle qui forge le chaos mais l'inverse. Toujours l'inverse. »

L'épée déviée de sa course plongea vers le sol et trompa l'adversaire. Syd utilisa la force de l'Échyrion pour enrayer la trajectoire de sa propre lame. Elle fendit l'air de bas en haut et déchira le damné sur toute la longueur. Un hurlement s'éleva, une stridence qui lia, pendant une fraction de seconde, son âme dissociée. Sous la capuche éventrée, Syd vit une faille se créer entre ce monde et le Royaume des Ténèbres, une entaille intangible qui scellait le sort de l'esprit errant. Les guenilles qui couvraient la créature s'affaissèrent sur le sol.

Syd fit volte-face pour affronter deux spectres qui surgissaient dans son dos. Son épée avait tournoyé avec lui et retomba comme un couperet entre les deux assaillants pour les séparer. « Le chaos est prévisible mais la somme des chaos ne l'est qu'au seuil de la Néosis », affirmait le maître.

Un bref instant, il perdit l'avantage. L'étoffe du damné, gorgée de Ténèbres, avait atténué l'éclat et la puissance de la serre de dragon. Son geste n'eut pas l'efficacité escomptée, l'épée ne faucha que le vide. Il sentit une morsure à la cuisse et renonça à se battre à deux mains. L'Échyrion devint une arme à part entière. Du plat de la main, il détourna un crève-cœur dans une gerbe d'étincelles bleu nuit et visa la gueule de la créature. Une sensation visqueuse, comme s'il plongeait les mains dans des algues pourrissantes. Il fouilla le gouffre noir de la capuche et déchiqueta la conscience du spectre. Les autres refluèrent à travers les murs du couloir.

Syd reprit son souffle et fit jouer les articulations de l'artefact qui répondit de l'épaule jusqu'au poignet. Sa main était plus lourde, moins réactive. L'âme morte entre ses doigts engourdissait encore le mana qui animait l'artefact. Cependant, le combat lui avait apporté ce qu'il désirait. Il n'était pas là pour affronter la meute tout entière. Juste l'exciter, lui donner le goût d'une proie à sa merci. Il redescendit au rez-de-chaussée, qu'il traversa sans un regard pour les ombres qui commençaient à émerger entre les poutres du plafond.

Soïm l'attendait à l'extérieur. Les yeux clos, assis en tailleur juste en face de la porte. Une bruine tombait et sur son torse les gouttes domptées suivaient la courbe de ses tatouages.

– Ils arrivent, lâcha Syd.

L'Équanime acquiesça et déplia ses jambes en silence.

Les spectres traversèrent la façade de l'auberge.

En retrait, Nelphaëll observait la scène à travers le prisme de son construct. Un filtre couleur prune qui accentuait le contraste des ombres et soulignait la présence des Ténèbres. Le Mal incarné prenait une teinte violacée et formait déjà, à la surface de l'auberge, de larges taches brunes comme des traces de sang séché.

La respiration bloquée, Nelphaëll choisit sa cible parmi les damnés qui n'avaient pas encore achevé leur extraction. Elle effleura la gâchette de son arbalète. Le carreau jaillit des sous-bois et siffla au-dessus de la lande. Un spectre avait engagé son torse sous la pluie lorsque le trait traversa de part en part la béance de sa capuche. Le carreau émergea dans une pluie de scories noires et filandreuses. Le damné expira au cœur de la pierre.

Au côté de Syd, l'Équanime se jeta dans la mêlée et glissa comme une ombre parmi les spectres enragés. À l'éclat de la lune, ses tatouages devenaient miroirs. Les alentours se réfractaient à la surface de son corps et le rendaient invisible. Il n'apparaissait que pour frapper, les lèvres animées par des prières martiales.

Ses poings surgissaient du vide et cueillaient le souffle maléfique comme un fruit mûr.

Cinq spectres gisaient au sol lorsque Syd perçut un flottement dans leur rang. Un bruit encore diffus montait de la mer et se rapprochait rapidement. Ce son, les Cynwälls le connaissaient mieux que quiconque. C'était un bruissement incomparable, grave et continu, qui évoquait une voile gonflée par une bourrasque.

Un dragon.

Nelphaëll fut la première à distinguer ses contours magistraux lorsqu'il jaillit derrière le toit de l'auberge. Son envergure avoisinait les vingt mètres. Doté de longues écailles aux reflets argentés, il ressemblait à un serpent titanesque mû par les forces antiques d'Aarklash. Ses ondulations aériennes évoquaient une danse sacrée. Sur sa gueule, dont les mâchoires pouvaient saisir un cheval à pleines dents, saillait une crête cristalline, des stalactites effilées qui laissaient derrière elles un sillage poudreux et étincelant.

À présent, elle pouvait distinguer le chevalier-dragon qui chevauchait sa monture. Il s'appelait Myldiën le Sensé.

Le mentor du trièdre venait à ses disciples.

Le dragon plongea vers les damnés pour engager un combat inégal. Les spectres tentèrent de se dérober et glissèrent sur la lande. Syd rengaina son épée et suivit le ballet impitoyable d'un regard amer. Le Sensé lui volait ses proies. Des jours durant, le trièdre avait lutté contre le sommeil pour harceler les voleurs de vie et les acculer sur cet antique bout de terre de la baronnie d'Algérande.

Il sentit la main de Soïm se poser sur son épaule.

– Du calme, mon ami, murmura le moine.

Syd garda le silence, les yeux fixés sur le dragon qui achevait la mise à mort des derniers renégats d'Achéron. Fauchés par des crocs glacés, ils ne furent bientôt plus qu'une poignée de haillons soulevés par le vent.

# Chapitre III

Lorsque Myldiën posa le pied à terre et murmura quelques mots à sa monture, Syd sentit que son artefact réagissait à la présence du dragon. Une caresse tiède et apaisante partit de son épaule et courut jusqu'aux extrémités de ses doigts.

Son mentor vint à lui les bras ouverts. Relativement petit pour un Cynwäll, la démarche énergique, il portait un large bliaud de soie grise et un vieux pantalon de toile brune glissé dans des bottines de cuir élimées. La beauté de son masque, de nacre et d'airain, contrastait avec cette mise négligée qu'il cultivait avec un sens consommé de la provocation.

— Alors, mon petit ! s'exclama-t-il d'une voix chaleureuse. Te voilà tiré d'affaire !

— Je n'avais pas besoin de vous.

— Non ? fit-il avec un petit rire sincère.

— Ce combat était le nôtre.

— Le vôtre ? La guerre n'appartient à personne…

Il passa devant Syd en lui tapotant l'épaule et s'immobilisa devant Soïm :

— Salutations, moine.

L'Équanime salua et recula d'un pas pour marquer sa désapprobation.

– Toujours aussi bavard ? Mais où est la sublime et tendre Nelphaëll ?

– Elle vient, maugréa Syd.

La jeune elfe avait en effet quitté l'abri du sous-bois pour marcher vers ses compagnons.

Une étincelle de malice fit briller les yeux de Myldiën. Lorsqu'elle fut à sa hauteur, il lui saisit la main, la fit pivoter lentement et, à travers son masque, déposa un baiser sur sa paume.

– Sublime enfant… murmura-t-il.

Il s'inclina et se retourna vers Syd.

– Je dois te parler, lâcha-t-il d'une voix soudain devenue grave. Vous deux, restez ici.

Il pénétra dans l'auberge et grogna sur le seuil :

– Ça empeste ici. J'ai froid. Fais-moi un feu, veux-tu ?

Avec un soupir de satisfaction, il se laissa tomber sur une chaise et déboutonna le col de son bliaud tandis que Syd empilait quelques bûches dans la cheminée qui trônait au milieu de la salle commune. Les premières flammes crépitèrent et firent refluer la pénombre. Myldiën tourna sa chaise vers l'âtre et étendit les jambes pour se réchauffer la plante des pieds :

– Un bien fou, bon sang. Voilà exactement ce qu'il me fallait. Merci, mon petit.

Syd avait attrapé une chaise pour s'asseoir près de lui.

– Comment va-t-elle ?

La question lui brûlait les lèvres depuis qu'il avait vu le dragon surgir du ciel. Myldiën s'éclaircit la gorge :

– Mieux, je crois. Certains pensent qu'elle pourra bientôt marcher.

– Et son…

– Son esprit ? Aussi solide que celui d'un guide. Ses cauchemars s'espacent. Elle se promène et discute avec les moines.

– Elle écrit toujours ?

– Toujours autant, oui. Des poèmes surtout. Qui parlent de toi, souvent.

– Vous en avez apporté ?

– Non. Elle a refusé. Ils sont pour elle. Pour sa guérison.

– D'accord.

– Elle te réclame, Syd. Tu aurais pu venir la voir.

– Pas le temps.

– Arrête.

Sa voix était dure, intransigeante.

– Tu n'en as pas le courage, dit-il. Admets-le.

– Je l'admets. Mais c'est plus compliqué.

– Bien sûr. Seulement, il s'agit de ta mère.

– Vous m'avez apporté des nouvelles régulièrement. Je vous en remercie. Cela me suffit, pour l'instant.

– Cela ne lui suffit pas, à elle.

– Je ne prendrai pas le risque, fit Syd en faisant jouer les articulations de l'Échyrion.

– Fiston, quatre ans, tu te rends compte ? Le traumatisme est loin. Cet artefact t'appartient maintenant. Tu le domines. Il ne pourra plus rien lui faire.

Le souvenir revint. Il serra le poing d'impuissance. De jour comme de nuit, pareil à la foudre, il venait frapper à la surface de sa conscience.


*L'odeur. Immonde. Celle d'un membre nécrosé qui pend le long de son épaule comme une excroissance maléfique. La douleur qui enfle. Et cette course éperdue, hallucinée, dans les méandres de la forteresse de Kaïber.*

*Et la haine.*

*Pure, inaccessible à la raison, logée dans son cœur comme la balle d'un fusilier du Griffon.*

*Il dégringole des escaliers, bouscule des gardes qui s'écartent devant cet elfe démasqué, au bras rongé par les Ténèbres, l'armure rougie de sang. Il s'engage dans les tours sacrées des quartiers cynwälls. Il titube, prend appui sur les murs pour rester debout. Il peut sentir ses muscles se racornir sous la peau, ses veines se tarir comme des ruisseaux. Il croit qu'il va mourir.*

*Il veut mourir.*

*Sa mère, enfin. Au bout de ce couloir sans fin. Elle accourt, le visage gravé par la détresse. Ses cheveux courts et roux sont une lumière dans la pénombre de la citadelle. Il s'écroule dans ses bras. Elle lui murmure qu'il faut vivre. Il lui murmure sa haine. « Non, mon fils, non… » chuchote-t-elle comme un exorcisme. Ses disciples sont venus lui prêter main-forte et le transportent jusqu'à l'Atelier. Syd n'entend plus que sa voix à elle, désormais ferme et maîtrisée. On l'allonge sur une grande table de chêne. Il remue la tête de droite à gauche, saisit les contours cuivrés des constructs qui viennent prêter main-forte à la Mère hélianthe. Un ballet cliquetant, ronronnant, qui le berce et le rassure tandis que sa mère fixe d'étranges appareils sur sa poitrine. Elle l'encourage à vivre. Des mots d'amour déformés et ralentis glissent jusqu'à ses oreilles. Les Ténèbres qui le rongent de l'intérieur se préparent à déferler sur son cœur. Son corps s'arque, plié par la douleur.*

*Et puis, la chaleur, bienfaitrice, prodiguée par les litanies noésiennes que de jeunes moines entament d'une seule voix afin de préparer son esprit aux souffrances à venir.*

*La suite est un rêve flou, rouge sang, aux contours déformés par la douleur, dominé par le grincement de la scie qui l'ampute au rythme des larmes tombant sur sa poitrine. Sa mère pleure, en silence. Sur la trahison de Kyrô, commandeur des troupes cynwälls de Kaïber, mais aussi, et surtout, son époux. Un homme qui a condamné ses fils à mourir.*

Syd ouvrit les yeux.

– Ça va ? lui demanda Myldiën.

– Oui.

– Dors un peu si tu veux. Nous discuterons plus tard.

– Ça va aller.

– Enlève ton masque.

– Je ne préfère pas.

Myldiën se pencha pour attiser le feu.

– J'ai eu du mal à vous trouver, souffla-t-il. J'ai des ordres pour vous. Enfin… pour toi, surtout.

– Je croyais que le Guide tenait à notre indépendance.

– Tu en as eu, des ordres, par le passé.

– Notre trièdre était encore jeune. Il fallait nous guider.

Le mentor se tourna vers lui :

– Quel rôle joues-tu ici ? Avec ces deux-là, dehors. T'es-tu déjà posé la question ?

Syd fronça les sourcils.

– Traquer le Mal, répondit-il. Sous toutes ces formes.

– Impressionnant, fit le Sensé avec une petite moue dubitative. C'est tout ?

– Comment ça ?

– Vous ne servez qu'à cela ?

– C'est suffisant.

– Ton horizon s'étrécit.

– Jusqu'à preuve du contraire, nous sommes des tueurs. Ni des artisans ni des diplomates. Rien que des pisteurs sur les traces des Ténèbres. Libres d'évoluer à notre guise, libres de choisir nos proies. Nous sommes censés être les meilleurs.

– Ah, les meilleurs… s'exclama-t-il avec le sourire. Bien sûr que vous l'êtes ! Seulement un Cynwäll se doit d'analyser avec soin sa place dans la Création. Et la tienne ne me convient pas. Ni à moi ni à notre Guide.

– Il estime que je ne suis pas à la hauteur ?

– Mais à la hauteur de quoi ? De pouvoir traquer une poignée de spectres ? Imagines-tu que cela va peser dans la balance ? Que l'Alliance te doit son salut ?

– Non, répondit Syd, la mâchoire légèrement crispée. Mais elle nous doit le respect. Nous menons un combat de l'ombre, pas de batailles au grand jour qui auront les faveurs de nos historiens. Un combat quotidien, acharné, sincère. C'est vous, le premier, qui affirmiez que la guerre, la vraie, se jouait sous la lune. Dans la nuit.

Myldiën soupira et se redressa pour venir s'adosser contre la cheminée.

– Tu as raison, Syd. Moi aussi, j'ai cru nos hélianthes, nos chefs, nos guides et tous ceux qui pensent et théorisent cette guerre. Les trièdres étaient une réponse claire et sensée aux incursions achéroniennes. Lâcher des chasseurs, des tueurs. Opérant par petits groupes. Sollicités pour leur courage, leur force, leur dévouement. Une élite consacrée par ses pairs et semée à travers les territoires de l'Alliance. Un beau rêve, n'est-ce pas ?

— On conteste les trièdres à Lanever ? Les diplomates veulent des victoires qui se voient ?

— Tu sais ce qui compte le plus dans une guerre ?

— L'initiative.

— Exact. Et l'Alliance ne l'a jamais eue contre Achéron. Jamais. Nous l'avons circonscrit mais nous n'avons jamais pu l'attaquer, le menacer sur ses terres.

— Je sais tout cela.

— Mais ce que tu ne sais pas, c'est que cette initiative, non seulement nous ne pouvons plus l'envisager, mais elle risque bientôt de condamner Kaïber.

Syd haussa un sourcil et ricana :

— Kaïber ne tombera jamais.

— Kaïber n'est pas indestructible. Ni elle ni aucune forteresse de ce monde.

— Une vue de l'esprit. Achéron peut la harceler, il ne peut pas la détruire.

— À présent, si.

Un silence. Rompu par Syd d'une voix sèche :

— On veut dissoudre les trièdres, n'est-ce pas ? Les fondre dans ce maudit creuset de Kaïber…

— Les rumeurs concordent. Achéron n'attaque plus. Aucune escarmouche, pas même quelques anges noirs rôdant au-dessus des avant-postes. Rien. Les Ténèbres s'économisent en vue d'un assaut qui surpassera tous les autres. Pour écraser Kaïber.

— Nos dragons les arrêteront.

— Lions et Griffons commencent à renforcer les murailles. J'ai fait halte là-bas avant de venir te voir. Les hommes ont peur. Achéron va jeter toutes ses forces dans la bataille. Cette fois-ci, il veut l'emporter. Rompre la digue, déferler sur Alahan. Si cela doit arriver, l'Alliance de la Lumière se disloquera.

— À vous entendre, l'avenir se joue à Kaïber.

— En partie, oui.

Syd se leva à son tour, vérifia machinalement les attaches de son masque et ajusta sa cape.

— Je vous ai écouté, mais c'est non. Dites à ceux qui vous envoient que je n'irai pas à Kaïber. Ni moi ni mon trièdre.

— Rassieds-toi. Je n'ai pas fini.

— À bientôt, mentor, lança-t-il sur le pas de la porte.

Il s'apprêtait à refermer derrière lui. Myldiën n'avait pas bougé et gardait les yeux fixés sur les braises de la cheminée.

— Si tu sors maintenant, dit-il, les moines la tueront.

La main suspendue sur la poignée, Syd pivota lentement sur lui-même.

— Tu m'as très bien entendu, fit Myldiën avec un hochement de la tête.

— Effectivement, dit Syd en effleurant la garde de son épée.

— Tu laisses parler ton cœur. Un jeune Lion se maîtriserait mieux que toi.

— Un chantage, alors… fit Syd en se portant à sa hauteur sans lâcher la garde de son arme.

— Juste une incitation pour te rappeler tes devoirs. Envers notre Guide.

— Je n'irai pas. En revanche, je vais peut-être rentrer à Laroq pour la protéger.

— Je croyais que tu ne voulais pas prendre ce risque.

— Je ne suis plus certain de vouloir la laisser entre vos mains.

– Ces mains-là sont aussi les tiennes. Tu es Cynwäll, fils de Kyrô et d'Ahelen. C'est toi seul qui la condamnes en fuyant Kaïber.

– Je ne fuis pas Kaïber. Je refuse simplement de servir sous les ordres d'un assassin.

– C'est ton père.

– Non. Un père ne sacrifie pas ses fils pour l'étreinte d'une putain.

– C'est pourtant le même cœur qui les a aimés.

– C'est aussi le même qui a trahi.

– D'accord, d'accord, dit-il en levant les mains en signe d'apaisement, je ne suis pas venu pour parler de ça.

– Myldiën, j'ai perdu un père à Kaïber. J'y ai aussi perdu un frère. Et, quatre ans après, ma mère commence tout juste à pouvoir marcher. Kaïber est un tombeau, une malédiction. Jamais plus je ne franchirai la Porte des Justes.

– Syd, écoute-moi. Je ne suis pas venu pour te suggérer d'y aller. Je viens avec des ordres signés par le Guide lui-même.

Un silence pesant sépara les deux elfes. Syd lâcha la garde de son épée. Sous son masque, ses lèvres murmurèrent :

– Esneh, notre Guide ?

– Oui. Tu n'as pas le choix.

– Il sait pourtant ce qui est arrivé.

– Il n'est pas question de servir ton père. Il a failli. Il n'est plus que l'ombre du grand Kyrô qu'il fut pendant près de trente ans. Désormais, un seul peut commander les Cynwälls de Kaïber. Esneh, notre Guide, t'a désigné. Tu es attendu à Kaïber cette nuit. Pour succéder à ton père.

Des nuages gris anthracite dérivaient dans le ciel comme des épaves. Assis au bord de la falaise, Syd songeait à ces mêmes nuages qui avaient bercé son enfance, cette voûte ombrageuse où se lisait encore l'empreinte de Kaïan Draghost, le Dragon des Ténèbres. Il n'avait jamais pu s'habituer à cet orage éternel qui grondait au-dessus de la forteresse et se déchaînait en présence des armées achéroniennes. La primagie avait sculpté ces nuages et devenait particulièrement instable lorsque le fracas de la guerre montait de la passe.

*Il a douze ans, et Melehän, son frère, vient tout juste d'en avoir neuf. Ils se sont hissés tous deux par une trappe étroite qui ouvre sur le sommet de la tour, une charpente de bois sombre où ils se réfugient dès que la tempête gronde sur la citadelle. Un déluge noie l'horizon. Au-dessus de leurs têtes, ils entendent de grosses gouttes mitrailler l'ardoise dans un bruit étourdissant. C'est l'étroite lucarne qu'il préfère. Derrière le verre dépoli, ils peuvent distinguer les tours-dragons voisines. Hissés sur la pointe des pieds, ils scrutent les sommets pour tenter d'apercevoir ceux qui les fascinent : les magiciens.*

*— Là, je crois que j'en vois un ! s'exclame Syd.*

*— Où ça ?*

*— Là, là ! Mais regarde !*

*Melehän pousse un petit cri et claque dans ses mains. Le magicien est masqué et torse nu, les bras levés vers le ciel. Les deux enfants sont fascinés par les tressaillements de son corps, les mouvements saccadés de son visage et de ses mains. Une transe, un bain purificateur.*

*— Je veux être comme lui... souffle Melehän.*

*— Père ne voudra jamais, le rabroue Syd.*

*— Je veux faire ça, persiste-t-il d'une voix boudeuse.*

*Le magicien a ouvert sa conscience pour offrir son corps aux gouttes lourdes et primagiques qui tombent du ciel. Syd tient d'un jeune disciple équanime que la Néosis est une discipline mentale comparable à une porte qu'on ouvre et qu'on referme pour percevoir la magie qui imprègne Aarklash. Contrairement à Melehän, cette idée l'effraie sans qu'il sache bien pourquoi.*

*— Han ! s'exclame son frère. Regarde ! Il est tombé.*

*La transe du magicien a atteint son paroxysme. L'elfe s'est effondré sur lui-même et ne bouge plus.*

*— Allez, viens, on s'en va, dit Syd.*

*— Quoi ? Mais non, attends. Je veux voir quand il se relève.*

*— Viens, je te dis. Père n'aime pas qu'on les regarde, tu sais bien.*

*— Et alors ?*

*L'aîné hausse les épaules et soulève la trappe pour redescendre dans leur chambre. Melehän n'essaie pas de le retenir et garde le nez collé à la lucarne. Syd a le cœur serré. Il aimerait être comme lui, avoir le courage de se faufiler dans les couloirs, la nuit venue, pour rejoindre la grande bibliothèque et espionner les magiciens à leurs études. À chaque fois, il reste blotti sous les couvertures, de peur de décevoir son père.*

Syd songeait au cynisme de ses maîtres. Myldiën avait été suffisamment clair sur le sujet. Il pouvait refuser l'ordre signé par Esneh. Désobéir au premier des premiers… De mémoire cynwäll, aucun elfe n'avait jamais envisagé de contester l'autorité du

Guide. Son destin, pourtant, ne comptait pas. Seul celui de sa mère le préoccupait. Les menaces claires formulées par son mentor résumaient la volonté inéluctable du commandement cynwäll. Son refus la condamnerait. Les moines qui veillaient sur elle avec dévotion n'hésiteraient pas une seule seconde à l'exécuter si l'ordre était donné.

Il eut un sourire désabusé. Sa haine était une arme de choix aux yeux du Guide. La manœuvre était cruelle et lucide. Si, comme le prétendait Myldiën, son père n'était plus en mesure de commander les Cynwälls de Kaïber, son fils ne lui épargnerait aucune humiliation et ferait preuve d'une redoutable intransigeance.

À condition de la maîtriser. Ses maîtres remettaient la citadelle entre les mains d'un elfe habité par un sentiment sourd, inexpugnable, enchaîné à son cœur comme un fantôme. Jusqu'ici, il avait maîtrisé sa haine en vertu d'un serment fait à sa mère. Il n'y aurait pas de vengeance. Seulement l'oubli. Loin de Kaïber, loin de ses orages et de ses tours où les magiciens s'abreuvaient de mana.

Un frôlement dans son dos. Nelphaëll s'assit à son côté. Derrière le masque couleur miel, il devina un regard compatissant qui lui déplut.

– Ça va ? demanda-t-elle en posant l'arbalète entre ses genoux.

– Je crois, oui.

– Tu dois être fier. Le Guide t'a choisi.

– Bien sûr, ricana-t-il.

– Cela fait presque quatre ans, tous les deux.

– Tous les trois, corrigea-t-il.

– C'est drôle, je ne pensais pas qu'on se quitterait ainsi, si vite.

– On ne décide de rien.

– Peut-être bien que si. J'ai toujours pensé que tu retournerais à Kaïber un jour.

– Pas moi.

– Pourtant, tu as été formé pour ça. Pour lui succéder.

– C'était avant.

– Qu'est-ce qui s'est passé cette nuit-là ?

– Rien qui te concerne.

Il l'avait blessée. Elle demeura silencieuse et fit lentement tournoyer l'arbalète sur son axe.

– Qu'est-ce que tu veux entendre ? dit-il. Que je regrette pour le trièdre ? Oui, je regrette. Le trièdre avait de l'allure.

– Après tout ce temps, sais-tu seulement qui je suis ?

– Oui.

– Tu n'en sais rien. Tu n'as même jamais essayé de me demander ce que je faisais ici, avec Soïm et toi.

– C'est ton histoire, pas la mienne.

– Tu as un problème, Syd.

– Ah oui ?

– Oui. Il n'y a que toi et ce passé que tu ressasses sans arrêt comme une drogue. Tu te moques bien des autres. De Soïm ou de moi. À tes yeux, je vaux autant que mon construct. Ça m'ennuie de te le dire, mais tu vas me manquer. Ton cœur est sec, mais tu es un bon guerrier. J'ai aimé servir sous tes ordres.

– Merci.

– Fais attention à toi. Je ne sais pas ce qui va se passer là-bas. Myldiën a l'air d'être inquiet, je ne l'ai jamais vu comme ça.

Il acquiesça d'un grognement.

– Tu sais ce qu'on va devenir ? ajouta-t-elle.

– J'ai convaincu Myldiën. On viendra vous chercher et on vous conduira à Kaïber.

– Tu veux sauver le trièdre ? dit-elle, visiblement surprise.

– J'y songe.

– Je crois que je suis en droit de refuser, non ?

– Dans ce cas, tu serais affectée à un autre trièdre.

Elle marqua un silence, glissa l'arbalète dans son dos et se redressa avec un soupir :

– J'aurais préféré que tu nous le demandes.

– Cela aurait changé quelque chose ?

– Pour moi, oui.

Elle s'éloigna. Il ne fit rien pour la retenir. Elle avait raison, depuis trop longtemps déjà sa vie n'était qu'une longue fuite en avant. Le trièdre était une excuse, une route de l'oubli. Depuis quatre ans, il refusait le seul et unique combat qui méritait d'être livré. Un duel entre un père et son fils, une véritable confrontation. À sa mère il avait juré de l'épargner. À présent, il tenait entre ses mains une vengeance appropriée, presque trop parfaite.

Le défi était vertigineux. Il allait rendosser l'habit de l'héritier, devoir imposer sa volonté à des vétérans au moment même où Achéron semblait préparer un assaut incomparable aux précédents, arpenter les couloirs d'une citadelle que certains considéraient comme la matrice des plus puissants guerriers d'Aarklash. Dans quelques heures, il commanderait la garnison cynwäll de Kaïber et cette perspective ne l'effrayait pas. Il y en avait une autre, cependant, qu'il redoutait. L'avenir vierge et incertain de cette seconde cruciale où son père se tiendrait devant lui. Avec une seule question : comment ferait-il pour ne pas le tuer ?

# Chapitre IV

Kaïber.

Dans la nuit, la forteresse ressemblait à une constellation. Torches et braseros scintillaient comme une myriade d'étoiles et esquissaient, en pointillé, son tracé cyclopéen. Il y avait, aux premières lignes, le castel du Lion, un fort bâti au centre de la passe et adossé à l'immense muraille qu'on appelait la Grise. Cette dernière barrait le défilé d'un bout à l'autre et se prolongeait, en hauteur, sur les contreforts des montagnes pour dominer le castel.

Derrière elle venait le cœur de la citadelle. D'innombrables bâtisses enchevêtrées qui, d'année en année, s'étaient élevées vers le ciel et culminaient, pour certaines, à près de deux cents mètres de hauteur. Escaliers et passerelles serpentaient entre ces amas chaotiques pour permettre aux Lions, aux Griffons et aux Cynwälls de vivre en autarcie dans une forteresse à l'échelle d'une ville. Syd la connaissait mieux que quiconque. Fils de Kyrô, il avait été élevé en ce sens, il avait été initié à la plupart de ses secrets afin de pouvoir un jour succéder à son père.

Une série d'épreuves orchestrées par Thalsö, son maître néosien, avait marqué cet enseignement. Les yeux bandés et pieds nus, il devait savoir traverser

Kaïber du nord au sud afin d'«entendre son âme». Percevoir les vibrations du sol, être attentif aux bruits qui roulaient comme des vagues entre les tours, pouvoir choisir ses repères au toucher et se diriger dans le labyrinthe des coursives. Sept fois, il avait échoué et s'était évanoui, vaincu par la fatigue et la faim. La huitième fois, enfin, il avait su rallier la Porte des Justes à celle des Braves et forcer le respect de son maître.

Il posa son regard sur les quartiers cynwälls et les tours-dragons qui dominaient la citadelle. Rondes et étroites, elles marquaient pour chacune d'entre elles l'existence et le combat d'un dragon des cimes de la vie à la mort. Lorsque l'un d'eux mourait, on exposait sa dépouille au sommet avant que la tour ne soit définitivement scellée pour devenir son tombeau. Seuls les chevaliers-dragons étaient en droit d'y pénétrer pour venir s'y recueillir et parfois même y mourir pour accompagner leur compagnon dans son dernier voyage.

Les cheveux au vent, le corps transi par un froid mordant, Syd entendait la rumeur qui montait du gouffre, ce bruit sourd et lancinant avec lequel chaque guerrier apprenait à vivre. Le martèlement des forges de Kaïber ne cessait jamais et faisait battre le cœur de la forteresse.

Le dragon amorça sa descente et glissa vers la Porte des Justes.

— De retour au pays, fiston ! cria Myldiën par-dessus son épaule.

Ils se posèrent délicatement au sommet d'une tour. Ils étaient attendus. Dix chevaliers-dragons en armure légère s'inclinèrent devant Myldiën et saluèrent Syd.

Un salut poli mais distant. Pour l'heure, il n'était qu'un fils renégat qui entachait la réputation des Cynwälls.

Précédés par leur escorte, ils descendirent un escalier qui épousait le flanc de la tour, traversèrent un pont et pénétrèrent dans l'Exianthe, une immense bibliothèque administrée par les moines néosiens. Cette bâtisse en forme de croissant de lune abritait l'une des plus prestigieuses collections d'ouvrages de guerre. Des alcôves luxueuses recevaient nuit et jour des commandants venus étudier à la lumière des bougies. En dépit de l'heure avancée, certains y travaillaient encore et levèrent les yeux sur le cortège qui traversait le couloir principal. Des Cynwälls le reconnurent et chuchotèrent dans son dos.

Ils empruntèrent un vaste escalier de marbre qui menait aux étages constitués en salons. Séparés par des panneaux de corne coulissants, les lieux abritaient de nombreuses discussions informelles entre les représentants de l'Alliance. Dix ans plus tôt, Syd aimait se retrancher ici, dans cette atmosphère feutrée. Il s'asseyait en tailleur et s'absorbait dans la contemplation d'une bougie durant plusieurs heures afin de mettre en pratique l'enseignement de son maître. Ce dernier affirmait que l'essence du combat pouvait se lire dans les évolutions chaotiques d'une flammèche. « La cire est le corps de ton adversaire, disait-il. C'est son énergie, sa force, sa souplesse. La flamme, elle, est une trajectoire, la courbe d'une épée, la ligne claire d'une lame en mouvement. Anticipe la flamme pour anticiper l'épée. »

Ils laissèrent les salons derrière eux et s'engagèrent dans une série de couloirs barrés par des gardes silencieux et taciturnes. Au bout, Syd le savait, il trouverait une porte qui menait à l'Alderion, cette demeure prestigieuse où les commandants cynwälls recevaient leurs hôtes de marque. La seule voie d'accès était un pont de pierre battu par les vents. Il enjambait le vide à près de cent cinquante mètres d'altitude et reliait la bibliothèque à une pièce unique bâtie au sommet d'un large pilier.

L'escorte s'immobilisa devant la porte qui donnait sur le pont. Myldiën s'approcha de Syd et posa la main sur son épaule :

– Ton père t'attend.

Syd acquiesça d'un petit hochement de la tête et ouvrit la porte. Une brise glacée soufflait sur Kaïber. À présent, il était seul, au cœur de la forteresse, face à son père. Sensible à la tension de ses muscles, la serre de dragon intervint pour l'apaiser. Il sentit une vague de chaleur irradier sa poitrine et détendre ses épaules contractées. Son regard se porta sur les courbes harmonieuses de l'Alderion. Inspiré par le savoir des Sphinx, c'était un globe de verre opaque strié de fines tiges métalliques et posé, tel le pommeau d'une canne, sur son long pilier qui plongeait dans l'abîme. Sur les tiges trottinaient sans relâche de petits constructs semblables à des scarabées qui entretenaient les lieux depuis plusieurs décennies.

Le contraste avec l'extérieur était saisissant dès lors qu'on en franchissait le seuil. À l'intérieur régnait un silence parfait. Sur un unique palier en bois clair qui coupait la sphère en deux trônaient de larges fauteuils tendus de soie rouge. Un lustre de cristal noir planté de chandelles était suspendu au sommet et éclairait la pièce d'une lumière chaude.

Kyrô, commandeur des Cynwälls de Kaïber, demeura immobile lorsque son fils apparut. Renfoncé dans son fauteuil, il portait une armure légère sous une cape de laine brune. Son épée, la fidèle Sashem, était posée contre un accoudoir. Il tenait son masque dans une main et exposait son visage à découvert. Ses traits, jadis ciselés et harmonieux, s'étaient affaissés et creusaient ses joues comme des entailles. Son large front avait pris une teinte cireuse et contrastait avec l'extrême blancheur de ses longs cheveux qui tombaient en mèches rebelles sur ses épaules.

Un vieillard.

Frappé par ce visage déchu, Syd s'avança à pas lents et ôta le masque à son tour. Les yeux saphir de son père le fixaient avec intensité.

– Mon fils… murmura Kyrô.

L'image du père et de l'assassin se fondit dans cette voix grave et posée. Syd effleura du bout des doigts la garde de son épée et refoula cette pulsion qui lui commandait de dégainer son arme et de mutiler ce visage qui le hantait.

– Ne la tue pas, dit Kyrô. À travers moi, c'est ta mère que tu condamnes. Notre destin se décide à Lanever. Il ne reste que… toi pour représenter notre famille.

– Je n'ai plus de famille.

Kyrô frémit et pointa le doigt vers lui :

– Tu as un nom, que tu le veuilles ou non. Mon sang coule dans tes veines.

– Et celui de Melehän sur tes mains.

– Ton frère est mort au combat.

– Tu l'as sacrifié, tu *nous* as sacrifiés pour sauver ta putain.

Les mains de son père crochèrent avec force les accoudoirs.

– Je t'interdis de la traiter de putain, c'est indigne de toi. J'aime cette femme, fils, que tu le veuilles ou non.

– Tu l'aimeras en exil. Tu quittes cette forteresse cette nuit.

– Kaïber n'appartient pas qu'aux Cynwälls. Les Lions m'accueillent dans leurs quartiers.

– Tu veux rester ici ? Je ne veux pas de toi. Je ne te dois rien.

Un sourire fendit le visage de son père.

– Tu me dois tout, fils. Le Guide t'a choisi parce que je t'ai transmis ce que je savais.

– Tu sais, j'ai longtemps rêvé de ce moment. D'être là, devant toi, pour te tuer.

– Je sais. Mais tu ne l'as pas fait. Tu n'as jamais répondu à mes messages. Tu as refusé de parler. Tu me reproches ce que, toi, tu as fait tout au long des quatre années qui viennent de s'écouler : tu as écouté ton cœur. J'ai moi aussi été aveugle, mais c'est l'amour, non la haine, qui m'a poussé à prendre cette décision. La plus dure, la plus terrible qu'il m'ait été donné de vivre. Je ne vous ai pas sacrifiés. Jamais… mon fils. J'ai tant espéré. À chaque seconde qu'a duré ce calvaire, j'ai voulu qu'un fauconnier vienne m'annoncer que vous étiez revenus sains et saufs.

– Nous n'avions aucune chance.

– La chance n'existe pas, tu le sais bien. Tu es revenu, toi.

– Melehän, non.

Les épaules de son père s'affaissèrent.

– Melehän, non… répéta-t-il dans un souffle.

Syd se pencha vers lui et approcha ses lèvres à quelques centimètres de son oreille :

– Pourquoi je n'arrive pas à te tuer ? Dis-le-moi…

– Parce que tu sais que nous sommes déjà morts, que nous sommes des guerriers et que notre vie est happée dans une tourmente qui nous dépasse. J'ai trouvé un répit, fils. Un tout petit répit avec cette femme. J'avais oublié ce que cela pouvait faire, mais, dans ses bras, je ne suis plus un guerrier. Je vis en elle, fils. Je *vis*.

– Melehän est mort, lui.

Kyrô grimaça et se releva péniblement.

– Je suis trop fatigué. Éreinté par notre lutte, par la mort qui emporte mes vieux compagnons, par cette obéissance aveugle que je dois à Lanever… Je ne te demande pas de comprendre ce qui s'est passé. Tu en es incapable si tu n'as jamais aimé. Mon fils, aimer est l'acte le plus simple et le plus noble qui soit. Trop simple, sans doute, aux yeux des nôtres, trop simple aux yeux du Rag'narok. La guerre est une maîtresse, une femme à laquelle on doit tout. Oh oui, fils, je suis fatigué… dans ma chair, dans mon sang. Je veux m'asseoir, enfin, et finir ma vie auprès d'elle. Mainte-nant, nous devons songer à Kaïber. Pour moi le lien est rompu, mais pour toi il vient tout juste de se créer.

Syd s'écarta de son père, l'esprit confus. Il ne sup-portait pas d'entendre cet homme lui parler d'une autre femme que sa mère. Il ne supportait plus sa faiblesse, ses aveux et surtout cette capitulation. Il avait espéré le trouver enragé et prêt à tout pour conserver son rang. Mais l'ennemi, cette fois-ci, se rendait sans combattre.

– Je comprends ce que tu éprouves, murmura Kyrô. Ne pense plus qu'à Kaïber, mon fils. Toi, tu es encore un Cynwäll, mais moi, ton vieux père, je ne suis plus qu'un elfe. Tu dois rester lucide et impartial. L'heure est grave, fils. Personne, ici, ne mesure à quel point cette citadelle est en danger. Le Guide a pressenti le danger. Achéron n'a pas l'intention de nous éprouver cette fois-ci. Tous les indices concordent. Les damnés veulent voir Kaïber à terre, les damnés veulent déferler sur Alahan. Et toi, Syd, tu es là pour les en empêcher.

— Je sais.

— Demain se tiendra une cérémonie pour marquer la succession et…

— Il n'y aura pas de cérémonie, l'interrompit Syd.

— Ce serait une grave erreur. Nos guerriers ont besoin de comprendre ce qui se passe.

— Ils le comprendront dès cette nuit. Je vais les voir avant que le jour se lève. Nous parlerons de convenances après la bataille.

Syd vit une lueur de fierté éclairer fugitivement les yeux de son père.

— Qu'il en soit ainsi. Tu commandes cette garnison, désormais. Je me retire.

— Fais-le à jamais. Disparais de notre vie.

— J'y consens, fils.

## Chapitre V

Un gong sonnait minuit passé lorsque Syd, accompagné par Myldiën, s'engouffra dans les quartiers cynwälls. Chaque pas le menait sur les traces de son enfance et ravivait, au seuil de sa conscience, les souvenirs douloureux de son frère.

Après avoir quitté l'Alderion, il s'était isolé un bref moment pour méditer. Il avait besoin de canaliser ses émotions, de reléguer un temps les sentiments contradictoires qui l'assaillaient afin de se consacrer à sa tâche. Il ignorait encore ce qu'on attendait de lui mais il avait la confiance du Guide. Il venait pour reprendre en main une garnison diminuée, à la veille d'une bataille qui forgerait le destin de l'Alliance de la Lumière et peut-être même celui d'Aarklash.

Il se savait pion parmi les pions, jeté dans une guerre ouverte qu'il avait ignorée des années durant pour se consacrer à celle de l'ombre qui se jouait à l'arrière, loin des remparts. Toutefois il croyait, lui, qu'un pion, si petit soit-il, pouvait peser sur l'issue d'une bataille.

Armé de cette seule conviction, il commença sa revue d'inspection.

Les quartiers cynwälls formaient un arc de cercle qui s'enroulait autour de la Salle des plans, considérée comme le cœur de la forteresse. Au nord s'élevait l'ensemble des tours administrées par les chevaliers-dragons. À l'ouest s'étendaient de lourdes et vastes bâtisses occupées par les Héliastes, tandis qu'à l'est veillaient les Équanimes dans un réseau inextricable de monastères verticaux agencés de manière à favoriser le silence et la concentration.

Syd connaissait parfaitement la place des Cynwälls dans la stratégie de l'Alliance. Depuis longtemps déjà, ils étaient considérés comme une élite qui excellait dans l'art du commandement et Kyrô, son père, s'était employé à perfectionner cette tradition. Son peuple constituait la colonne vertébrale de Kaïber.

Syd tenait de sa mère une préférence marquée pour les Héliastes. À travers leurs créations, leurs constructs et les artefacts du Sphinx qu'ils mettaient à disposition de l'Alliance, ils jouaient un rôle prépondérant dans la chaîne de commandement en fournissant les outils nécessaires à son fonctionnement. Bien que placée sous l'autorité conjointe des trois piliers de l'Alliance, la Salle des plans en fournissait le meilleur exemple, et Syd espérait y tenir au plus vite un conseil de guerre avec ses alliés dès lors qu'il aurait pris la mesure de ses troupes.

Elles étaient peu nombreuses comparées aux Lions et aux Griffons. Près d'un millier d'hommes et de femmes, tous et toutes des vétérans qui, avant de servir définitivement à Kaïber, accomplissaient un voyage initiatique jusqu'aux portes de Laroq afin de s'entretenir avec le Guide et obtenir son consentement pour faire honneur à l'Alliance.

Syd quitta l'Exianthe en compagnie de Myldiën pour suivre l'entrelacs des escaliers qui se faufilaient le long des monastères et se présenter aux portes de l'Ermitage où siégeaient régulièrement les maîtres de chaque monastère. Syd tenait à rencontrer et contrôler dès que possible ces sages réputés pour leur indépendance et leur clairvoyance. Le respect qu'ils inspiraient au sein de l'Alliance était une arme à double tranchant. Syd se souvenait parfaitement des longues journées que son père passait ici, à l'Ermitage, pour composer avec eux et obtenir leur soutien inconditionnel.

Les moines qui veillaient dans le bâtiment durent se rendre à l'évidence : Syd n'avait pas attendu une cérémonie officielle pour succéder à son père. En quelques minutes, un émoi sans précédent saisit l'Ermitage. Syd exigeait la tenue d'un conseil dans la demi-heure qui suivait et réfutait d'un simple geste de la main toutes les excuses qu'on lui présentait pour le remettre au lendemain. Les moines n'eurent pas d'autre choix que de s'incliner devant l'obstination silencieuse du nouveau commandeur et dépêchèrent, en hâte, de jeunes disciples pour quérir les maîtres dans leurs monastères.

Myldiën observait la scène avec le sourire :

– Tu es en train de bousculer de vieilles traditions. J'espère que tu sais ce que tu fais.


Le conseil eut lieu dans une salle ronde plongée dans la pénombre. Syd se tenait assis au centre de la pièce et distinguait tout juste des silhouettes filiformes qui se rassemblaient peu à peu pour former un cercle autour de lui. L'obscurité était voulue afin de favoriser la concentration des membres de l'Ermitage et faire valoir leur unité lorsqu'ils s'exprimeraient d'une seule voix.

Syd était désormais soumis au regard impassible de quinze vieillards dont le savoir martial représentait un formidable atout entre les mains de l'Alliance. Ces sages aux corps ridés et anguleux commandaient une élite redoutée, dépositaire de techniques de combat séculaires. Ils déployaient leurs disciples pour combler les failles dès lors qu'elles étaient identifiées par les commandants depuis la Salle des plans, ils étaient ce liant mystique respecté par tous qui intervenait pour rallier les troupes dispersées par les assauts ennemis, ils étaient ceux qui, en toute circonstance, ne cédaient jamais parce qu'ils ignoraient la peur.

Syd, lui, connaissait la peur. Il l'avait éprouvée au tréfonds de son âme, il l'avait sentie jaillir dans ses entrailles et empoigner son cœur. Une main glacée, plus froide encore que les vents qui soufflaient sur Laroq. Elle l'avait humilié là-bas, dans la sombre vallée, elle l'avait marqué comme un esclave. Il la haïssait au même titre que son père parce qu'elle était l'expression de son impuissance.

Les sages attendaient qu'il prenne la parole. Il s'éclaircit la gorge et salua chacun des maîtres :

– Le Guide m'a choisi. Je suis désormais votre commandeur. J'attends de vous la même obéissance que vous accordiez à mon père. Suis-je clair ?

– Vous l'êtes, dit un maître.

– J'ai deux questions. Je veux savoir pourquoi on considère que mon père a failli. Je veux également savoir ce que vous pensez de la bataille à venir.

– Votre père est malade, répondit un maître d'une voix posée. Son comportement échappe à nos simulations. Nous pensons que ses sentiments le dominent. Nous pensons qu'il n'est plus crédible.

– Pour commander ?

– Pour se battre au nom de notre Guide. Nous pensons que Kyrô n'est plus un guerrier.

– Pourquoi avoir laissé faire ? Pourquoi ne pas avoir écarté cette femme ?

– Nous ne pouvons pas intervenir dans le cercle du Lion. Cette femme ne peut être atteinte sans froisser nos alliés. Cependant, nous disposons d'informations contradictoires. La femme demeure introuvable malgré nos recherches. Nous pensions que sa mort était souhaitable. Nous avons suggéré au Guide de confier son assassinat à nos disciples. Le Guide a refusé et nous comprenons, aujourd'hui, que sa décision était la meilleure.

– Le Guide a expliqué pourquoi ?

– Le Guide estime que l'amour n'est pas le seul sentiment impliqué. Nous avons procédé à des simulations dominées par la honte. Puis le remords. Nous pensons que ces émotions sont compatibles avec le comportement irrationnel de votre père. Nous pensons que votre père n'a pas su gérer les implications émotionnelles de la mort de votre frère, votre départ et le sacrifice de votre mère. Nous avons observé une détérioration progressive de son discernement que son expérience n'a pas suffi à compenser. Nous pensons, par conséquent, que votre père représente un danger pour Kaïber.

Le ton était mesuré, presque monocorde. Les maîtres parlaient bel et bien d'une seule voix, mais cette voix semblait désincarnée.

– J'interdis formellement à mon père l'accès aux quartiers cynwälls, déclara Syd. Approuvez-vous cette décision ?

– Nous l'approuvons, mais nous vous suggérons de fournir aux tribunaux héliastes des preuves suffisantes pour procéder à son arrestation et son exécution.

Syd observa un long silence avant de reprendre la parole :

– J'ai d'autres priorités.

– Nous sommes d'accord.

– Je ne veux pas être son bourreau avant la bataille. Nos troupes ainsi que nos alliés pourraient croire que je cherche une vengeance là où il n'y a que justice.

– Nous sommes d'accord.

– Disposons-nous toujours de constructs de relais parmi les troupes du Lion ?

Sa mère lui avait expliqué à demi-mot comment certains constructs détachés auprès des Lions servaient parfois à espionner leurs alliés pour sonder leur détermination.

– Oui, confirma un maître.

– Je demanderai aux Héliastes de le faire surveiller.

– Nous approuvons.

– Que pouvez-vous me dire sur Achéron ?

– Nous pensons que le pire est à venir. Nous estimons que la bannière des Ténèbres peut bientôt flotter sur les ruines de Kaïber. L'analyse des rapports fournis par les éclaireurs de l'Alliance laisse penser que les Maisons d'Achéron envisagent une guerre d'anéantissement. Nous redoutons une alliance sans précédent au sein de l'Ordre du Bélier. Nous percevons une activité importante et inhabituelle au sein des Royaumes des Abysses qui culmine aux alentours des portails entre nos deux mondes.

– Pensez-vous que nos troupes soient prêtes ?

– Nos moines sont prêts, mais les négligences répétées de votre père ont affaibli le commandement de Kaïber.

– Soyez plus précis.

– Votre père a tenu à ce que les chevaliers-dragons soient écartés des processus de décision de la Salle des plans. Il leur a accordé la liberté d'intervenir quand et où ils le souhaitent sur les champs de bataille sans en référer à nos alliés. Il existe d'autres décisions déconcertantes que votre père a prises sans tenir compte de notre avis, mais nous vous suggérons de prendre connaissance des détails auprès du Premier tribunal héliaste.

– Je le ferai.

– À notre tour, nous avons une question. Comment pensez-vous gagner le respect de nos troupes et celui de nos alliés ? Nous avons la certitude que votre commandement sera discuté, peut-être même dénoncé par les nôtres ou par des dignitaires alliés. Nos simulations montrent que votre nom ainsi que l'enseignement de votre père vous accordent un crédit éphémère, mais que la majorité des troupes redoute votre retour.

– On attend que je fasse mes preuves.

– Nous sommes d'accord.

– J'en aurai l'occasion à l'aube. J'ai l'intention de réunir un détachement pour opérer une reconnaissance en profondeur jusqu'à l'Ancienne Muraille.

Pour la première fois, Syd eut la nette impression que les sages étaient déstabilisés. Des murmures s'échangèrent dans l'obscurité avant qu'un maître ne déclare :

– Nous pensons que vous prenez un risque majeur mais qu'il peut s'avérer payant au regard de nos alliés. En revanche, les Cynwälls n'approuveront pas votre décision car, en mourant, vous prenez le risque de ternir l'image de notre Guide qui vous a choisi.

– Je ne dispose pas d'assez de temps. Je n'ai pas le choix. Myldiën estime qu'Achéron peut attaquer d'ici à un mois. Vous confirmez ?

– Non. De nouveaux rapports présentés hier à la Salle des plans font état de préparatifs avancés. Nos simulations les plus optimistes font état d'un assaut d'ici à deux semaines. Il serait plus réaliste d'envisager un délai d'une semaine. Nous pensons que Kaïber doit être opérationnelle d'ici là pour avoir une chance de résister à l'ennemi.

– Une semaine… Et Kaïber n'est pas opérationnelle à vos yeux ?

– En l'état actuel des choses, le commandement cynwäll ne sera pas en mesure de coordonner la résistance de l'Alliance. Si vous ne contrôlez pas ce commandement d'ici à une semaine, Kaïber tombera.

– Encore l'une de vos simulations ?

– Non, il s'agit là d'une certitude.

– Faites réveiller vos moines. Tous doivent avoir vu mon masque dans l'heure.

– Nous sommes d'accord.

Syd décida de clore aussitôt ce conseil improvisé. Il ne voulait pas que les maîtres puissent influencer plus longtemps son regard sur Kaïber. Il avait leur version, mais il voulait celle des Héliastes et des chevaliers-dragons avant de prendre les décisions qui s'imposaient.

Le conseil fut levé sans tarder. Les maîtres se retirèrent et prirent les mesures nécessaires pour permettre à Syd de rencontrer les deux cents moines répartis dans les quinze monastères de la citadelle. La visite se fit au pas de course, scandée par le salut cynwäll, paume contre paume. Le contact avec l'Échyrion gênait les disciples, mais Syd tenait précisément à ce que chaque disciple ait conscience qu'il servirait désormais un hélianthe.

Le gong sonna les trois heures du matin lorsqu'il quitta les quartiers équanimes avec Myldiën.

# Chapitre VI

Il n'avait pas dormi depuis trop longtemps et ressentait une profonde fatigue. L'Échyrion intervint spontanément pour lui fournir un regain d'énergie.

Le conseil avec les maîtres équanimes avait marqué les esprits. La rumeur précédait le nouveau commandeur et des visages curieux s'encadraient aux fenêtres pour suivre sa marche silencieuse à travers les venelles du vaste quartier hélianthe.

L'usage aurait voulu qu'il se présente sans tarder devant les tribëns du Premier tribunal. Les magistrats cynwälls administraient la vie quotidienne des elfes de Kaïber et recevaient en principe tous ceux qui se destinaient à servir sur les remparts de la forteresse.

Syd préféra diriger ses pas vers l'Atelier, que sa mère avait longtemps dirigé avec un savant mélange de fermeté et de bienveillance. Pour lui, le pouvoir était là-bas, entre les mains des artisans qui concevaient les constructs et enseignaient les usages complexes des artefacts du Sphinx.

Sa démarche avait un parfum de vengeance, il l'admit devant Myldiën en chemin. En dépit des circonstances exceptionnelles qui avaient mené sa mère à manipuler l'Échyrion, les tribunaux hélianthes l'avaient sanctionnée sans discerner le vrai du faux.

À leurs yeux, la faute était flagrante et inexcusable. La Mère hélianthe ne disposait pas de connaissances suffisantes sur l'artefact pour en faire usage. La prudence des Cynwälls en la matière avait force de loi. De tels artefacts étaient trop rares et trop puissants pour pouvoir les activer sans une parfaite connaissance de leurs rouages et de leurs mystères. L'Échyrion n'avait pas livré tous ses secrets. Cependant, un seul avait suffi pour que sa mère décide de l'utiliser afin de sauver son fils. Il fallait arrêter le poison qui se répandait dans ses veines et remplacer ce bras tombé sous le tranchant d'une hache damnée. Bien que les tribunaux aient refusé d'en tenir compte, l'Échyrion était le seul artefact disponible pour accomplir un tel miracle.

Syd comprenait cette décision mais ne l'acceptait pas.

L'Atelier datait des premiers âges de la forteresse et couvrait presque tous les étages inférieurs du quartier hélianthe. Au fil du temps, ses occupants avaient grignoté un à un les rez-de-chaussée en remplaçant les murs par de lourds piliers de soutènement.

Syd pénétra à l'intérieur, le cœur palpitant, frappé par cette odeur unique qui flottait sur les lieux. Un mélange d'humidité, de sueur et d'huile qui se livrait en bouffées tièdes au détour des forges et des ateliers disséminés à l'intérieur. Des tentures ocre délimitaient des secteurs en fonction des métiers de chacun. Là-bas, vers le nord, montait l'écho sourd des artisans qui martelaient le métal et le bronze. Syd tendit l'oreille et perçut, au sud, l'écho discret et saccadé des rouages manipulés avec tant de précautions par les maîtres chronosiarches.

Il fit encore quelques pas et leva les yeux, le sourire aux lèvres : logées sous les voûtes antiques, les araignées sapharantes tissaient inlassablement leurs toiles de lumière afin d'éclairer les artisans au travail.

Le spectacle l'étreint bien plus qu'il ne l'aurait souhaité. Avec Melehän, il avait l'habitude de se réfugier sur une étroite coursive qui longeait les murs sud de l'Atelier pour observer le ballet hypnotique des araignées.

*— Tu sais... murmure son frère, j'aimerais bien qu'un jour on me fasse un habit sapharante... T'imagines, une toge de lumière ! Et même que tu pourras garder des araignées dans tes poches pour réparer les trous !*

*Son frère est là, à portée de main, les yeux écarquillés. Il montre du doigt une araignée qui se balance lentement dans le vide, accrochée au plafond par un trait doré qui entaille l'obscurité.*

*— Vas-y, attrape-la ! souffle-t-il en secouant la manche de son bliaud. S'il te plaît !*

*— Non, Mère ne serait pas d'accord.*

*— T'as peur !*

Le souvenir s'effaça brutalement. Au visage de Melehän s'était substitué celui de Myldiën, l'expression anxieuse :

— Syd ?

— Juste un vieux souvenir. N'en parlons plus.

Il reprit son chemin dans les méandres de l'Atelier, troublé par l'incident. Un instant, le songe lui avait semblé si réel qu'il s'était cru transporté des années en arrière. Il sentit une tension désagréable dans ses muscles, comme si l'Échyrion réagissait lui aussi au phénomène. Il baissa les yeux sur la serre de dragon et se demanda dans quelle mesure elle percevait la magie qui imprégnait les lieux. Sa mère lui répétait souvent que les sortilèges utilisés par les hélianthes laissaient derrière eux des reflets auxquels certains artefacts étaient particulièrement sensibles. « Tu pourras peut-être les voir un jour, disait-elle avec le sourire. Ce sont des reflets que notre magie éparpille comme des feuilles mortes. Ils se posent parfois sur un objet et, si tu y fais attention, tu pourras surprendre leur scintillement. Cela porte bonheur, alors soit attentif. » Syd avait tenté plusieurs fois l'expérience avec son frère, mais il n'avait jamais vu de tels reflets.

Son apparition commençait à être remarquée. Des regards s'attardaient, d'autres se détournaient. Des masques familiers surgissaient parfois au détour d'un pilier et, passé un moment de surprise, le saluaient avec respect.

Syd pénétra enfin dans le cœur de l'Atelier où se menaient les expériences les plus audacieuses sous la conduite des hélianthes. Ici prenaient vie les constructs, ici se perçait le secret des artefacts du Sphinx. Vêtus de larges toges, ces magiciens portaient des masques complexes qui se prolongeaient en rameaux métalliques le long du corps. Semblable à une armure, cette maille ouvragée s'imprégnait des essences du Solaris. En son temps, Syd avait été ensorcelé par les gemmes de Lumière qui glissaient le long des rameaux. « Des planètes en mouvement pour que résonnent Lahn et sa puissance solaire… » lui avait murmuré un mage d'une voix sourde.

Syd épousa les contours de la pièce d'un regard circulaire. Délimitée par des tentures plus sombres, elle baignait dans une lumière diffuse. Les araignées sapharantes avaient disparu et cédé la place à de simples chandeliers posés sur de longues tables de marbre blanc.

Les magiciens tissaient la lumière et insufflaient la vie. Devant eux, les rouages complexes des constructs s'animaient au contact des raies du Solaris. Des pièces inertes s'élevaient lentement au-dessus du sol, reliées entre elles par des fils étincelants, tandis que d'autres s'amalgamaient pour former d'étranges marionnettes de bronze. Syd vit des créatures aussi petites que des insectes bourdonner en essaim au-dessus de leur créateur, d'autres qui trottinaient de table en table pour transporter, dans leurs flancs, des mécanismes de précision. Il vit aussi celles qu'on destinait aux remparts, des constructs aux carapaces fuselées conçus pour la guerre ou des messagers aux ailettes cristallines qui parcourraient bientôt les lignes pour transmettre les ordres de la Salle des plans. Syd savait que chaque créature était unique, ou presque, et portait la double signature de l'artisan qui l'avait pensée et du mage qui l'avait animée. Il était impossible de toutes les dénombrer tant il existait de formes et d'usages différents.

À même le sol, il vit les lourdes trappes de pierre qui permettaient de descendre dans les sous-sols de l'Atelier où se pratiquait l'examen approfondi des artefacts. Sa mère avait dégringolé l'un de ces escaliers pour arracher aux mages l'Échyrion qui sauverait son fils.

L'Embaumeur était un vieil homme à la longue barbe grise et broussailleuse, au corps sec et noueux enveloppé dans une simple toge de soie couleur gris perle. Ses épaules s'affaissaient sous le poids d'un masque démesuré, assemblage d'une multitude de petites pièces glanées ici et là auprès des artisans et surtout des constructs de sa collection.

Horlënn veillait sur un musée, mémoire vivante des pertes et des échecs hélianthes. Son sanctuaire était un vaste puits étagé en galeries où s'entassaient les constructs brisés et récupérés sur le champ de bataille, ainsi que tous ceux qui avaient été abandonnés faute d'avoir été bien pensés par les créateurs ou dévoyés par la magie.

Juché sur un large fauteuil d'ébène porté par un faisceau lumineux, il flottait au milieu du puits, les jambes couvertes par une épaisse couverture de laine.

Syd dut se pencher pour le découvrir ainsi, suspendu dans les airs. Sur un accoudoir de son fauteuil, un bras articulé maintenait à sa hauteur un pupitre où reposait un énorme registre couvert d'une écriture fine et ciselée. Horlënn écrivait d'une main fiévreuse en jetant de brefs coups d'œil vers les vestiges noircis d'un construct posé à sa hauteur.

— Encore un cadavre ? l'interpella Syd.

Horlënn ne leva même pas les yeux et répondit par un grognement.

— Tu ne salues pas ton commandeur ? lança Syd.

L'Embaumeur leva très lentement son masque vers le sommet du puits, lâcha un soupir de surprise et, d'un simple geste de la main, fit remonter son fauteuil sous l'impulsion du faisceau lumineux.

— Dans mes bras, mon garçon…

Syd se pencha pour l'étreindre avec force. Il considérait depuis longtemps l'Embaumeur comme le seul elfe digne de confiance.

— Tu m'as manqué, avoua-t-il d'une voix nouée par l'émotion.

– Toi aussi… commandeur.

Le vieil elfe se défit rapidement de son masque et se découvrit avec soulagement. Syd l'aida à quitter son fauteuil et enjamber le couronnement du puits. Les deux elfes s'assirent à même le sol, en tailleur, et Syd, à son tour, ôta le masque.

– Tu as vieilli, fit remarquer Horlënn d'une voix franche. Comment va ton bras ?

– Bien. Ne t'inquiète pas.

Un court moment, les deux hommes ne surent se parler. Ils s'étaient quittés quatre ans plus tôt, lors d'une nuit que l'un comme l'autre avaient tenté d'oublier. Horlënn, lui, avait gardé un souvenir atroce de cette course contre la mort, de la tension tragique qui avait régné sur l'Atelier au moment où il avait rejoint, le premier, le futur cortège mené par la Mère hélianthe pour faire pression sur les mages qui défendaient la porte menant à l'Échyrion. Les larmes n'étaient venues que trois jours plus tard, lorsqu'il avait découvert par hasard une gemme de Lumière éteinte depuis bien longtemps qui traînait dans sa poche. Il l'avait offerte à Melehän six mois plus tôt afin qu'il se familiarise avec le relief de la pierre. L'enfant l'avait conservée comme le plus précieux des trésors, persuadé qu'elle lui porterait chance pour devenir un grand magicien, jusqu'au jour où le talisman avait glissé de sa poche et s'était perdu à cet endroit précis où Horlënn avait enfin trouvé la force de pleurer pour admettre sa mort.

Il aimait les deux garçons comme ses fils et, sous le regard attentif de leur mère, les hissait souvent sur ses genoux pour descendre dans le puits et leur montrait ses plus belles pièces.

– Je me débrouille pour prendre des nouvelles de la Mère, souffla soudain le vieil elfe pour couper court à tout souvenir. Elle va mieux, elle progresse. J'espère lui rendre visite bientôt.

– Je n'ai pas beaucoup de temps, esquiva Syd. J'ai besoin de toi pour interroger le construct.

– De quoi parles-tu ? Quel construct ?

– L'Ékérym. Celui qui nous a emmenés vers l'avant-poste.

– Syd…

– Je n'ai que lui pour retrouver l'endroit où Melehän est mort. Il faisait nuit. Nous avons erré plusieurs heures avant qu'ils nous rattrapent. Nous étions blessés, épuisés… Jamais je ne retrouverai tout seul.

– C'est insensé. Retourner là-bas ? De toute façon, ce construct a été détruit, enfin, il est…

– Enfermé, oui, je sais. Tu me l'as soufflé dans l'oreille.

– J'étais persuadé que tu aurais oublié.

– Horlënn, je rêve de Melehän presque chaque nuit depuis quatre ans. Je n'en suis pas encore certain, mais je crois que l'Échyrion joue un rôle dans tout ça. Peu importe. Ce qui compte, c'est que j'ai entendu très distinctement ce que tu me disais. Je ne devais pas m'inquiéter parce qu'un jour, toi et moi, nous allions retrouver Melehän grâce à l'Ékérym que tu prétendais vouloir cacher et maintenir en vie.

Les yeux de l'Embaumeur se troublèrent.

– Je voulais juste t'aider pour que tu te raccroches à la vie, Syd.

– Je t'ai cru. Je t'ai fait confiance. Cet Ékérym vit encore ?

– Pourquoi ? Qu'est-ce que tu espères ?

– Je n'espère rien. Je veux juste avoir le droit d'entendre la terre là où mon frère est tombé.

– Cette terre est morte. Elle ne te dira rien.

– Je veux voir où il est mort. Je ne m'en souviens pas.

– Je croyais que dans tes rêves…

– Je n'ai pas le moindre souvenir, pas la moindre image. Juste des échos, comme si je sentais son sang couler entre mes mains sans pouvoir ouvrir les yeux ni entendre ce qui se passe autour de nous. J'ai besoin de voir, comprends-moi. Juste de voir là où il est mort pour avoir le droit d'oublier.

– C'est tout ce qui t'importe, alors ? Tu n'es pas venu pour nous soutenir, nous, Kaïber ou même l'Alliance, tu es venu… trouver le sommeil. Pour apaiser ton âme. Quitte à renier notre Guide ?

– Je servirai mieux l'Alliance si je peux m'agenouiller là où il est mort. Tu l'aimais comme un fils. Pourquoi fais-tu semblant de ne pas comprendre ?

– C'était ton frère, Syd, et, oui, je l'aimais comme un fils. Mais à choisir entre lui et notre citadelle, je choisirai toujours Kaïber.

– Je vais être plus clair. À l'aube, je partirai, que l'Ékérym ait parlé ou non.

– Tu es toujours aussi obstiné.

– Aide-moi.

– Tu as tort, Syd. Tu n'es pas seul. De nombreux Cynwälls se réjouissent qu'enfin Kyrô cède sa place et que ce soit toi, son fils, qui lui succèdes. Tu n'es pas seul et tu dois l'admettre. Le choix de notre Guide n'est pas une simple opportunité pour régler tes comptes.

– Je sais.

– Reviens dans une heure ou deux. L'Ékérym sera prêt.

– Il m'en faudra au moins deux pour calmer les tribëns.

Syd salua et fit mine de partir. L'Embaumeur le retint, l'air soucieux :

— Ton père t'a trahi et tu n'as plus confiance en nous. Mais ne le confonds pas avec les Cynwälls.

— J'ai confiance en toi.

— Moi, je ne suis rien. Juste l'Embaumeur. Tu dois avoir confiance en notre Guide, en nos guerriers et en tous ceux qui sont venus ici pour défendre Kaïber.

Les tribëns lui faisaient face, la mine grave. Ils l'avaient accueilli avec réserve et accompagné dans une annexe du Premier tribunal, un salon discret où chacun avait pris place dans un silence pesant. Le visage nu et glabre, ils portaient une large robe de soie grenat ceinturée à la taille, des bottes de cuir et un bâton de jugement, symbole de leur neutralité au sein du peuple cynwäll. Au son clair de ce bâton qu'ils utilisaient parfois comme une arme, ces vingt-trois tribëns rendaient la justice et s'assuraient que les trois piliers de la connaissance cynwäll convergent dans la même direction. Hélianthes, Équanimes et chevaliers-dragons se devaient d'obéir sans discussion aux sentences des tribëns qui incarnaient la sagesse du Guide.

— À quel jeu jouez-vous ? déclara abruptement le plus âgé alors que Syd retirait son masque. De quel droit niez-vous les principes qui ont forgé Kaïber ?

Syd souleva un sourcil intrigué :

— Vos principes ?

— Votre arrogance nous place dans une position délicate.

Syd se renfonça dans son fauteuil et croisa les bras.

— Père Élim, vous souvenez-vous du jour où vous m'aviez pris par la main pour me faire visiter ce tribunal ?

– Parfaitement.

– Vous m'aviez expliqué que le Rag'narok, seul, ferait la différence entre la dignité des uns et la déchéance des autres. Je n'avais pas compris à l'époque, mais, depuis, j'ai eu l'occasion de mettre ce conseil en pratique. Peu importe le visage de l'ennemi pourvu que nous restions debout. C'est cet ennemi qui nous rassemble, pas la guerre. La dignité d'un guerrier se gagne sur la foi de son engagement aux côtés des siens, à l'instant précis où il décide de renier sa vie pour l'offrir à son peuple. C'est ce que je fais. Je ne suis pas un fondamentaliste héliaste. Mes principes sont ceux que la guerre édicte et j'assumerai mon rôle en ce sens. Je respecte les convenances qui font l'amitié des guerriers, pas celles des salons qui ont condamné ma mère à l'exil.

– Ces convenances de salon, comme vous dites, sont les fondements de la nation cynwäll. Si, demain, nous utilisons le savoir du Sphinx sans restriction, nous sommes condamnés.

– Qu'en savez-vous ?

– Votre insolence est terrifiante. Seriez-vous de ceux qui sont prêts à mettre entre les mains de l'Alliance des armes dont personne ne mesure encore la puissance ?

– Je sais bien que le Guide prétend que ces armes sont des instruments de domination, mais elles le seraient uniquement entre de mauvaises mains.

Les tribëns échangèrent des regards inquiets. Le visage fin d'Élim se durcit.

– Je ne vous aime pas, Syd. Ni moi ni aucun d'entre nous d'ailleurs. Vous êtes un individu dangereux, trompé et aveuglé par des sentiments malsains. Le Premier tribunal a fait preuve d'une grande clémence à l'égard de votre mère et surtout de *vous*. J'avais requis votre exécution et je regrette de ne pas l'avoir obtenue. Vous avez été sauvé par l'Échyrion alors que nos connaissances, à son sujet, étaient incomplètes. Vous êtes une erreur, une insulte à la sagesse qui préside au destin des Cynwälls. Votre nom vous a sauvé, mais comprenez bien ceci : si je vous obéis, c'est pour respecter la décision de notre Guide. Lorsque Kaïber sera hors de danger, dites-vous que j'entreprendrai tout ce qui est en mon pouvoir pour vous écarter du commandement. Vous êtes un chien fou et hargneux. Votre place est auprès de votre mère, dans un monastère, sous la surveillance étroite de nos frères équanimes. Je ne comprends pas le dessein de notre Guide. Votre venue ici est plus dangereuse que celle des armées d'Achéron.

— Vous avez terminé ?

— Pour l'instant, oui.

— Je ne vous aime pas non plus, Élim. Vous représentez cette vieille garde poussiéreuse qui tremble de tout, qui n'ose rien sous prétexte de lucidité. Vous avez vécu trop longtemps recroquevillés derrière vos remparts. Je suis réaliste. Je regrette que les pouvoirs du Sphinx soient négligés alors qu'ils sont à notre portée.

— Ainsi la fin justifierait-elle les moyens…

— J'en ai l'intime conviction.

— Êtes-vous encore un Cynwäll ?

— Et vous tous ? Avez-vous déjà oublié que nous devons le retour des dragons à la première bataille de Kaïber ? Ils ont entendu l'appel du sang, ils ont entendu l'appel du Rag'narok. Je suis persuadé que le Guide voit à travers moi un nouvel âge cynwäll, le prélude à une harmonie totale entre notre peuple et l'héritage du Sphinx.

La consternation marquait les visages des tribëns. Édayon, réputé pour son intégrité, se redressa avec solennité :

— Ce que je viens d'entendre est très grave. Je ne puis en tolérer davantage et refuse de servir sous vos ordres. Je renonce à mon rang et vous demande le droit de combattre les remparts en tant que simple soldat.

— Accordé… dit Syd. Si, parmi vous, d'autres veulent le suivre, qu'ils le décident maintenant.

Après avoir consulté ses pairs du regard, Élim se pencha vers lui :

— Nous restons car vous avez besoin de nous. Tant que Kaïber sera menacée, nous vous servirons avec la même fidélité que nous servions votre père.

Les tribëns se retirèrent dans un froissement d'étoffe. Syd demeura seul un moment à écouter le grésillement des bougies. Il sentait qu'il était allé trop loin, trop vite. Il avait cédé à une impulsion et exposé trop brutalement le seul avenir qu'il jugeait possible pour la nation cynwäll. Mais la preuve était là, en lui : en dépit des réserves émises par les tribëns, l'Échyrion l'avait sauvé.

# Chapitre VII

L'Embaumeur caressait d'une main distraite l'éperon de sa barbe qui prolongeait son masque. Calé dans son fauteuil, il venait d'extraire d'un amas de métal une sphère de bronze et de cristal d'un diamètre de trente centimètres. Syd se tenait debout à son côté, en équilibre sur un marchepied.

— C'est bien lui, murmura le vieil elfe.

Syd approuva. Il avait reconnu la fissure qui fendait la sphère de moitié, la marque grossière portée par la vouge d'un nain dégénéré. Le construct éventré révélait un assemblage complexe de verres, de rouages et de pierres précieuses. La plupart étaient brisés ou faussés. Une lumière très faible émanait d'un diamant situé au cœur de l'objet.

— Conscience en léthargie, murmura Horlënn.

Il porta la sphère à la hauteur des yeux et épousa ses contours du plat de la main. Des arabesques de mana scintillèrent dans la pénombre du puits et s'enroulèrent en rubans autour du construct.

— Magie résiduelle ici et là, précisa l'Embaumeur en pointant du doigt deux petits saphirs qui tournoyaient lentement sur eux-mêmes.

— Tu peux en tirer quelque chose ?

— Je ne sais pas. Cela fait bien longtemps que je ne

l'ai pas examiné. Mais j'avais fait du bon travail à l'époque. Regarde, j'avais sacrifié les mécanismes de lévitation et dérivé les raies de conscience dans la pierre de gravitation.

– Sois plus clair.

– Ce pauvre Ékérym ne pourrait plus voler, mais il serait parfaitement capable de se situer dans l'espace.

– Sa mémoire ?

– Patience. Rends-toi compte d'une chose : j'ai cicatrisé les ténèbres sur l'entaille supérieure, mais j'ai dû amputer là… et même là, tout près de la Mnémoce.

Syd esquissa une grimace. La Mnémoce, gemme de cristal que les hélianthes tentaient de reproduire tant bien que mal à partir des manuscrits du Sphinx, renfermait une magie instable et fragile.

– Tu peux intervenir ?

– Dangereux. Il faudra que j'établisse un lien à l'aveugle entre toi et la Mnémoce.

– À l'aveugle ?

– Si elle est endommagée ou contaminée, tu risques d'être assailli par des visions que je ne pourrais pas contrôler. Tu te souviens d'Eldekin ? Il a tenté le même genre d'expérience, il ne lui reste pas plus d'initiative qu'un zombie.

– Il y a plus simple : j'utilise l'Échyrion.

Horlënn leva la tête.

– Tu aimes jouer avec le feu.

– Je suis pressé.

– À toi de voir. Ce n'est pas la Mnémoce que tu vas toucher, c'est le cœur du construct, le diamant que je t'ai montré. Soit tu les sors de leur léthargie, soit…

– Je les foudroie.

– Le mana qui anime la serre de dragon est infiniment plus puissant que celui de ce construct. J'ignore ce qui peut arriver si elle le tue.

– Je peux être affecté ?

– Les énergies des artefacts et des constructs sont les ruisseaux d'une même montagne. Que peut-il arriver lorsqu'un artefact « assassine » un construct ? Très franchement, je n'en sais rien. Il faudrait que je consulte mes registres pour savoir s'il existe un cas semblable. De toute façon, si j'interviens avec la magie, il me faudra au moins deux ou trois jours.

– Beaucoup trop long. Je choisis l'Échyrion.

Les deux elfes remontèrent à la surface et s'installèrent à l'écart, autour d'une table.

– Tu es sûr de vouloir le faire ? murmura Horlënn.

Syd ne répondit pas, les yeux fixés sur les entrailles de la sphère. La clarté diaphane du diamant représentait l'unique lumière qui le guiderait vers son frère. Son hésitation ne dura qu'une fraction de seconde. Sa main glissa entre les deux lèvres de la blessure et enserra le cœur du construct.

*La nuit, hostile et froide. Les pieds qui s'enfoncent dans une terre nécrosée, couleur de cendre. Les mares stagnantes. La boue, et le froid encore. Toujours ce froid qui glace les os, qui se faufile entre la maille des armures, qui gèle le cuir et engourdit vos mains. Cristallisés par les ténèbres, les arbres forment des forêts de plomb qui grincent dans le vent. Il faut se méfier des branches effilées et noueuses, des buissons aux épines torturées. Sans d'autres repères que les squelettes piégés par la nature corrompue, l'escouade progresse* droit devant elle et cherche à l'horizon les lueurs de Kaïber.

Traquée et harassée par une nuit de marche forcée, la poignée d'elfes entend la meute se rapprocher. Les hurlements des banshees déchirent le silence. Un blessé se laisse dépasser par ses compagnons. Elle s'appelle Jehel et cache sous sa cape tachée de sang la marque infamante d'une lame noire. La souffrance a atteint son paroxysme. Sa bouche reste muette. Elle titube jusqu'à une branche qui émerge du sol et s'agenouille juste devant. La nécessite de mourir pour ne plus retarder la troupe est devenue une évidence. Les yeux embués, elle approche son front et manque de renoncer en sentant la pointe froide piquer sa peau.

– Je vais t'aider, murmure soudain une voix derrière elle.

Elle ne l'a pas entendu approcher mais il est là, accroupi à son côté, les traits figés par un sourire amer. Il passe la main dans ses cheveux et, brutalement, appuie sur la nuque. Jehel meurt sur le coup.

Syd se relève et rejoint l'escouade. Ses hommes sont à bout, il le sait. Si Kaïber n'est pas en vue dans l'heure venue, ils devront faire en sorte de mourir avec le même courage que Jehel.

Ils s'engagent à présent dans une dépression de terrain qui les masquera, un temps, aux yeux de leurs poursuivants. Syd soutient son frère par l'épaule. Les blessures de Melehän le rongent d'inquiétude : une entaille à la tempe et une autre, plus profonde, dans le dos. La faux d'un zombie l'a écorché de la taille jusqu'à l'épaule. Les tissus ficelés autour de sa poitrine sont poissés de sang. Son visage est blafard, crispé par la douleur, mais il marche encore, galvanisé par la voix de son aîné qui l'encourage à chaque fois qu'il trébuche.

L'escouade est exsangue et ne compte plus que treize écuyers-dragons, dont la moitié est blessée. Leurs armures en lambeaux témoignent de l'âpreté des combats qu'ils ont livrés la veille. À l'origine, l'expédition devait pourtant se contenter d'engager l'ennemi afin de permettre à une unité de reconnaissance de se replier vers la forteresse. Vingt-deux faucheurs, unité de reconnaissance régulière de l'armée du Lion, s'étaient laissé surprendre et encercler. C'était, a priori, une mission comme tant d'autres, de celles qui faisaient le quotidien des abords de la forteresse. Le matin même, une première confrontation avait permis de briser l'étau ennemi. Les faucheurs s'étaient engagés dans la brèche avec leurs blessés.

L'ennemi, lui, s'était réellement dévoilé peu après, comme si l'intervention des Cynwälls constituait un signal pour engager le gros de la troupe : des charognards, des morts levés parmi des cavaliers émérites et capables, à l'état de zombies, de mener au combat des destriers osseux redoutés pour leur vivacité.

Syd n'avait pas eu le choix. Harcelé et acculé par les charognards, il avait ordonné un repli vers le nord. Vers la baronnie d'Achéron.

Jusqu'à maintenant, il a guetté la moindre occasion pour bifurquer vers l'est et rallier le contrefort des montagnes où l'escouade aurait une chance de disparaître en attendant des renforts. À deux reprises, il a ordonné une marche forcée dans cette direction avant d'y renoncer, faute de pouvoir devancer les cavaliers ennemis. L'ennemi ne cherche pas encore à anéantir *l'escouade. Les Ténèbres jouent avec leurs proies et les chassent comme du gibier.*

*Syd se focalise sur ses pas, sur son souffle qu'il économise pour avoir la force de soutenir Melehän quelques mètres de plus. Personne n'a dormi, personne n'a mangé ou pris le temps de s'asseoir pour reprendre sa respiration. Il faut avancer, encore. Ne pas se retourner, ne pas céder au désespoir, ne pas vouloir se jeter contre une branche pour ne plus entendre les cris exaltés des poursuivants.*

*Il leur reste une chance, pourtant. Avant que la souffrance ne devienne intolérable, Melehän a pu se concentrer un long moment pour utiliser la magie et, avec l'aide d'un écuyer, modifier l'Ékérym qui lévite en avant de la troupe. Le construct lance désormais un signal dans le ciel corrompu, une résonance qui vibre à la surface de la terre et tente d'alerter les dragons de Kaïber. Melehän a été formel : l'appel est si faible qu'il n'existe pratiquement aucune chance pour qu'il soit entendu derrière les remparts. Sauf s'ils survivent jusqu'à l'orage. « Lahn au zénith, a marmonné Melehän. L'orage repoussera la nuit. Il va nous aider... Il faut tenir jusque-là, le signal sera amplifié... »*

*L'ennemi est là, de manière si soudaine que la troupe fait encore quelques pas avant de comprendre qu'elle est encerclée. Cette crevasse qui devait les protéger est devenue un piège mortel. Des nains dégénérés se massent en nombre sur ses flancs et se pressent les uns contre les autres avec des ricanements gutturaux. Dans la nuit, Syd distingue les silhouettes dentelées de leurs vouges dressées vers le ciel. Derrière eux se rassemblent des charognards, plusieurs* unités qui condamnent toute voie de retraite. Leurs montures, des chevaux rongés par le fiel, renâclent et poussent des hennissements stridents.

L'ennemi attend quelque chose. Syd a déposé Melehän contre une souche et dispose ses troupes en formation de défense. Ses quatre derniers archers se retranchent au centre du cercle formé par les guerriers qui dégainent leurs fines épées. L'issue probable du combat n'entame pas leur détermination. Ils ont admis depuis longtemps le fait de mourir ici, sur cette terre morte, loin des leurs. Ils sont heureux de se battre, enfin. De pouvoir mourir debout, l'arme à la main, plutôt que s'acharner à fuir.

Syd a senti qu'une force redoutable retenait l'ennemi massé autour d'eux et n'éprouve qu'un vague sentiment de résignation lorsqu'il voit, au-devant d'eux, se profiler la silhouette d'un guerrier-crâne.

Les récits abondent sur ces seigneurs dévoyés dont la seule présence corrode la Lumière et relaie la magie des Ténèbres à travers le monde.

Syd a reconnu le seigneur à son épée : Amertume, une lame sinistre qui renferme l'âme de son amante et qui le lie à jamais au Principe obscur. Marqué des sceaux du Bélier, le dénommé Aldéran porte son arme à deux mains et avance à pas lourds. Une odeur atroce le précède et soulève le cœur des elfes. Sous la chair putréfiée se devinent les tendons d'onyx qui vibrent à l'unisson comme les cordes d'une harpe impie. Syd est fasciné malgré lui par la puissance qui émane du corps damné, par les cornes qui prolongent son crâne lustré par le souffle des dieux sombres.

*Sous ses sabots effilés, la terre se fendille et libère des nuages de poussière.*

*Son escorte est constituée de cinq Wolfen relevés d'entre les morts, des lycanthropes acquis à la cause achéronienne. Ceux-là s'écartent pour laisser leur maître s'avancer vers les elfes.*

*Syd se détache de la troupe et marche au-devant de la créature. Il se mord les lèvres jusqu'au sang pour empêcher ses mains de trembler sur la garde de son épée et l'interpelle d'une voix forte :*

*— Aldéran ! Je suis Syd, fils de Kyrô. Retire tes troupes ou meurs.*

*Un sourire fend le crâne du seigneur.*

*— Syd... Ton nom plaît à Amertume. Si tu te bats bien et que ta mort me soit agréable, les nécromants feront de toi un lieutenant de ma garde.*

*Syd fait volte-face et retourne lentement auprès de ses compagnons :*

*— Écuyers, tentez de forcer vers le nord. Sayem, je te confie mon frère. Prends soin de lui. Puissent les dragons inspirer votre combat.*

*Les Cynwälls le saluent en silence, se regroupent et s'ébranlent comme un seul homme en direction des charognards. Syd s'élance à son tour. Son cœur bat comme un tambour tandis qu'il court à grandes foulées vers son bourreau. La peur l'a quitté et cède le pas à un sentiment plus léger, la certitude de mourir sans avoir trahi l'Alliance et d'avoir tenté l'impossible pour sauver son frère.*

*Aldéran encaisse le premier assaut avec une surprise manifeste. Il contemple, amusé, l'entaille qui zèbre une plaque d'acier de son poitrail et pivote pour faire face au Cynwäll. Amertume frémit entre ses mains putrescentes.*

– *Tu es assoiffé, ma douce, lui susurre-t-il.*

*Syd s'est assuré, d'un coup d'œil, que les Wolfen, regroupés à quelques mètres, n'avaient pas l'intention d'intervenir. Il affronte une créature bien plus résistante que lui et sait qu'il doit tirer avantage de sa vivacité. Il tournoie autour de son adversaire et le provoque par petites touches pour déchiffrer ses mouvements. Chaque corps, même celui des damnés, possède son propre langage. Le seigneur de guerre se dévoile avec le sourire. Il s'expose même, et ricane lorsque l'épée du Cynwäll ripe sur son armure et disperse des étincelles dans la nuit. Syd comprend rapidement qu'une telle créature ne peut s'affaiblir, qu'il faudra porter un coup fatal, ou renoncer et mourir.*

*Il économise ses forces et se dérobe sous les lourdes attaques d'Amertume sans parvenir à trouver une faille dans les défenses du guerrier-crâne. Près de quatre minutes se sont écoulées et Syd distingue soudain le reflux de ses hommes rejetés par les charognards. Sept écuyers forment un ultime rempart autour de Melehän. Acculés au centre de la crevasse, ils luttent désormais contre la meute des nains qui ont dévalé les pentes à leur rencontre.*

*Il voit l'Ékérym adopter une trajectoire erratique et être brutalement foudroyé par une vouge dans un éclat de cristal brisé.*

*La fin s'esquisse dans des tourbillons de poussière.*

*Puis un grondement. Lointain. Syd sent une goutte frapper sa nuque et lève les yeux. La nuit éternelle qui règne sur Achéron se rétracte et abandonne le ciel à l'orage. Dans la crevasse, il ne distingue plus son frère. Il se dérobe et se précipite vers la mêlée. Il évite une lame, aperçoit le corps d'un écuyer dépecé* à coups de dents rageurs, un autre que les vouges achèvent en lui ouvrant le ventre.

Il hurle le nom de son frère, il bondit entre les cadavres et les vivants, entre les poignards et les haches.

Melehän est là. À terre. Un nain a grimpé sur son dos et lui soulève la tête en arrière en poussant des grognements de plaisir. Syd le décapite d'un revers d'épée et saisit le corps inerte de son frère

La pluie se déchaîne, un éclair coupe l'horizon en deux. À bout de forces, Syd grimpe sur un flanc de la crevasse, trébuche sur la terre détrempée. Il abandonne son épée et porte Melehän dans ses bras. Il monte, mètre après mètre. Un nain passe près d'eux sans les voir. Il continue et parvient à rejoindre la crête.

– On va s'en sortir, crois-moi, grince-t-il.

Il avance. Hagard, terrorisé, prisonnier d'un cauchemar qui n'en finit plus. La boue le cloue au sol. Chaque pas est une victoire. Le moment vient où il n'en peut plus. Il s'écroule et prend Melehän dans ses bras.

– C'est fini, petit frère… Pardonne-moi…

Il enlève son masque et offre son visage à la pluie. Un nouvel éclair, très proche, jette une lumière fugitive sur les alentours.

Aldéran l'a suivi et s'approche. Il fixe longuement les deux Cynwälls à sa merci. Les Wolfen patientent en retrait et semblent guetter les nuages avec inquiétude.

– Lui d'abord, dit-il en plongeant Amertume dans la poitrine de Melehän.

Syd hurle et voit le torse de son frère se corrompre, sa chair délicate se racornir sous l'influence des

Horlënn était penché sur lui et lui maintenait la tête droite. Cette main… Syd mit un moment à faire la différence entre passé et présent, et à admettre qu'il se trouvait encore dans l'Atelier en compagnie de l'Embaumeur. Loin d'Achéron, loin d'Aldéran.

– Tu t'es évanoui, dit le vieil elfe. Tu as crié, aussi.

– J'étais là-bas. Avec lui.

Sur son visage livide perla une larme silencieuse. Il la chassa avec mépris et se releva, les jambes flageolantes.

– J'ai vu Amertume, dit Syd.

– L'épée d'Aldéran ?

– Oui.

– Les chevaliers-dragons qui sont venus à votre secours n'en ont jamais eu la certitude. Alors c'était bien lui…

– Amertume n'a pas tué Melehän, elle l'a contaminé. Elle a fait de lui l'un des leurs.

L'Embaumeur ne parut pas surpris et hocha la tête.

– Il fallait s'y attendre, murmura-t-il.

– Comment ai-je pu oublier ? dit Syd. J'ai vu ses yeux. Ils se sont ouverts quand l'épée s'est enfoncée dans sa poitrine. Comme s'il revenait à la vie.

– Ton frère est bien mort comme tu l'imaginais, tu le sais. Cela ne change rien. C'est le lot de nos compagnons, ici. Revoir l'un des leurs et devoir le tuer parce qu'ils savent pertinemment que le Principe obscur, seul, les tient debout.

— Imaginer… qu'il sert peut-être Aldéran.

— Ce n'est qu'un corps, rien qu'une enveloppe sans âme.

— Je sais. J'espérais seulement tirer un trait sur le passé. Un pèlerinage pour avoir enfin le droit de l'enterrer là-bas, dans ces terres maudites, et ici, fit-il en se frappant la poitrine. Je ne sais même plus si je dois y retourner… Que ferais-tu, toi ?

— J'honorerais sa mémoire.

— Se battre en son nom. Lui offrir une victoire.

— Je te retrouve enfin, Syd.

— Moi aussi, mon ami, je me retrouve enfin.


L'aube ne tarderait pas à se lever. Syd était épuisé. Ses yeux rougis par la fatigue se focalisaient sur le rapport transmis un quart d'heure plus tôt par les tribëns. Il s'était retiré dans une chambre de l'Atelier mise à sa disposition par Horlënn et goûtait pour la première fois à un silence bienfaiteur.

Le calme qui régnait dans cette cellule spartiate lui convenait à merveille. Il avait refusé d'investir les quartiers de son père et préférait goûter à un confort familier pour reprendre des forces.


Assis sur un tabouret, Myldiën somnolait dans un angle de la pièce, près d'une cheminée où flambaient quelques bûches. Le reflet des flammes jouait à la surface de son masque posé sur la poitrine. Syd s'approcha pour déposer une couverture sur ses épaules et s'étonna d'éprouver un sentiment de tendresse à l'égard du vieux chevalier-dragon. Encadré de mèches grises, son visage ridé se livrait avec une naïveté troublante.

Syd ajusta la couverture et prit conscience qu'il n'avait jamais su le remercier. L'homme avait pourtant plaidé plusieurs fois la cause du trièdre à Lanever afin de faire coïncider les ordres officiels avec les libertés réclamées par son disciple. Syd l'avait ignoré, muré dans sa colère, aveuglé par cette colère froide qui perdait peu à peu son sens à la lumière de Kaïber.

Il reporta son attention sur les feuillets dispersés sur la table en chêne. En dépit de leur hostilité déclarée, les tribëns avaient accompli un excellent travail et résumé sans concession les défaillances du commandement cynwäll. Le rapport accablait Kyrô et mettait en lumière de nombreuses négligences. Le commandeur avait renié ses responsabilités et cédé peu à peu ses pouvoirs. Celui qui devait harmoniser et conjuguer les forces cynwälls n'y croyait plus. Ses absences répétées avaient fissuré la confiance de l'Alliance et laissé le champ libre aux ambitieux.

La conclusion d'un tel rapport ne souffrait aucun doute : les Cynwälls n'avaient plus de commandeur. Depuis près d'un an, Kyrô avait renoncé à sa mission sans que les tribëns soient en mesure d'en éclaircir la cause. Des soupçons pesaient sur son amante et Syd se remémora l'étrange conversation menée sous la voûte de l'Alderion. L'amour avait donc vaincu là où les armées d'Achéron avaient échoué.

Il rafla les feuillets et les jeta dans le feu. Il savait déjà que l'avenir se jouerait demain, dans la Salle des plans, en présence des siens et des commandeurs de l'Alliance. S'il échouait, la chute de Kaïber porterait son nom.

# Chapitre VIII

Les écailles de la dénommée Caer Maloth se dévoilaient à la lumière des braseros, pareilles à un fleuve de lave. Le dragon épousait la courbe des murs de manière à loger à l'intérieur de la tour et de ménager un espace aux chevaliers-dragons qui veillaient sur lui.

Syd contemplait les parois annelées qui s'élevaient autour de lui. Caer Maloth l'enveloppait de sa puissance et l'observait derrière ses lourdes paupières. Sa gueule fuselée portait les stigmates de son combat sur le front de Kaïber, en particulier une longue balafre en diagonale qui barrait son œil droit, un trait d'onyx qui se prolongeait jusqu'à l'oreille et n'avait jamais cicatrisé.

Caer Maloth approcha sa gueule du jeune elfe venu la saluer et le laissa épouser cette cicatrice du plat de la main. Syd n'avait pas utilisé l'Échyrion pour ressentir pleinement ce lien unique tissé entre les Cynwälls et les dragons de Lanever. Sous sa paume, les écailles palpitaient et irradiaient une chaleur bienfaitrice. Les entailles de l'ennemi, en revanche, laissaient une impression désagréable, la sensation de toucher le plat glacé d'une épée.

L'œil gauche du dragon fascinait Syd. Dans la pupille mordorée se lisaient d'authentiques mystères.

Les dragons n'étaient pas une force domestiquée ou manipulée par les elfes. Elle n'obéissait qu'à elle-même, elle jouait le rôle d'un allié précieux dont le secret des origines se perdait aux frontières d'un antique combat entre le peuple ophidien et l'Utopie du Sphinx.

La voix du dragon s'éleva, grave et vibrante :

– Caer Maloth est heureuse de te revoir.

Syd s'agenouilla et la salua avec déférence.

– Relève-toi, fils de Kyrô. Et parle à Caer Maloth.

– J'ai succédé à mon père. Je viens à toi pour m'assurer de ton appui.

Les longues narines du dragon frémirent.

– Cette succession est cruelle. Caer Maloth aimait Kyrô comme un frère.

– M'acceptes-tu comme son successeur ?

– Caer Maloth n'a pas à accepter ou refuser. Elle jugera la réalité.

– Laquelle ? Celle de la bataille qui s'annonce ?

– Celle-ci et toutes les autres. Ta volonté, seule, déterminera les réalités que je serai amenée à juger.

– Me reproches-tu d'avoir abandonné la voie des dragons pour celle des hélianthes ?

– Caer Maloth sait que le fils de Kyrô n'a pas encore choisi.

– Je suis hélianthe, affirma Syd en levant l'Échyrion.

L'œil du dragon se troubla.

– Syd n'est que ce qu'il fait et prouve aux siens. L'artefact représente un dragon. Garde-toi des certitudes. L'Atelier n'a pas goûté à la sueur de ton travail mais à ton sang, par la volonté de ta mère. Tu *es* le fils de Kyrô, tu *es* Cynwäll, mais tu n'es pas un hélianthe tout comme tu n'es pas un chevalier-dragon.

– Je suis revenu. Et je suivrai les pas de ma mère.

– Tu en as le droit. Mais c'est à Syd de décider, pas à l'Échyrion.

– Ne t'inquiète pas.

– Caer Maloth a aimé l'enfant mais ignore encore ce qu'est devenu l'homme. Le fils de Kyrô a vécu quatre ans loin de nous, loin de Kaïber.

– Rien n'a changé, excepté mon père. Et l'Échyrion m'a rendu plus fort.

– Caer Maloth s'interroge sur l'usage de cette force, pas sur sa valeur.

– Guideras-tu les dragons à mes côtés quand viendra l'heure de se battre ?

Des flammèches fugitives crépitèrent sur les flancs de la créature.

– Les dragons se battront aux côtés des Cynwälls.

– Ce n'est pas ce que je demande.

– Si tes décisions s'accordent à la réalité de la bataille, Caer Maloth et les chevaliers-dragons obéiront à ta volonté.

– Bien. Je voulais également t'avertir que mon père n'est plus autorisé à pénétrer dans les quartiers cynwälls. Tu ne le reverras pas.

– Caer Maloth en a conscience, mais elle t'invite à considérer la souffrance de Kyrô.

– La considérer ? Je ne peux pas lui pardonner.

– Caer Maloth sait que le fils de Kyrô est trop jeune pour savoir pardonner, mais elle lui demande d'écouter la souffrance de son père. De la comprendre avant de la condamner.

– Tu le défends au mépris de la raison. Le Guide estime qu'il n'est plus apte à diriger les Cynwälls de Kaïber. À quoi bon essayer de comprendre ?

– Un fils peut-il ignorer la souffrance de son père ?

– Il a choisi. Il nous a sacrifiés pour la sauver, elle.

– Le fils de Kyrô croit-il que l'amour se mesure comme l'adresse au combat ? Tu es désemparé parce que tu es un Cynwäll, que tu ne comprends pas tes propres sentiments. Le père et le fils se ressemblent beaucoup, ils ont le même courage. Kyrô a choisi la voie la plus incertaine, celle qui pouvait condamner les deux versants de son amour. Kyrô aurait pu retenir ses fils et condamner sa femme, mais il a pris le risque de tout perdre.

– Ce n'est pas sa femme, murmura Syd d'une voix mal maîtrisée.

– Le fils de Kyrô reproche-t-il à son propre père de ne plus aimer sa mère ?

– Oui.

– Syd sait-il qu'on ne peut *commander* les sentiments ?

– Le cœur est aveugle et trompeur.

– Le cœur sépare l'âme des Ténèbres.

– Mais il n'en triomphe pas, tu le sais mieux que quiconque, rétorqua Syd.

Les écailles frissonnèrent à l'unisson. Pour Caer Maloth, cette blessure n'était pas une cicatrice mais une plaie béante. Vimras, son compagnon, avait été soumis au Principe obscur par le nécromancien Kaïan Draghost. Le mage avait capturé l'âme de son aimé et volé son corps.

Syd vit distinctement un mince filet de vapeur filtrer sous la paupière condamnée de Caer Maloth. L'œil était mort, mais les larmes, elles, pouvaient encore couler et devenir vapeur au contact brûlant des écailles.

– Je t'ai blessée, je te demande pardon, dit Syd.

– Lorsque les Cynwälls sauront aimer, ils deviendront invincibles, répondit-elle d'une voix lointaine.

– Je vais tenir conseil à la Salle des plans dans les prochaines heures. Seras-tu des nôtres ?

– Le fils de Kyrô aurait-il renoncé à marcher vers Achéron ?

– Pour l'instant. J'ai commis une erreur. Aller làbas ne servirait à rien.

– Caer Maloth respecte cette décision. Quoi qu'il arrive, fils de Kyrô, sache que les dragons seront à tes côtés. Néanmoins, Caer Maloth ne viendra pas à ce conseil car elle ne commande pas cette forteresse et préfère demeurer à l'écart des hommes.

– Pourtant tes conseils nous seraient précieux.

– Caer Maloth ne peut t'en donner qu'un seul : un père a besoin de son fils.

Syd garda le silence, salua et quitta la tour. L'entrevue avec Caer Maloth lui laissait un goût amer. Il redoutait l'amorce d'un dialogue, il redoutait de comprendre et de devoir admettre qu'à la place de son père il aurait peut-être agi de la même façon. L'esprit confus, il rejoignit l'escorte que les chevaliers-dragons avaient mise à sa disposition pour rejoindre la Salle des plans. L'heure était venue de s'oublier dans la guerre.

# Chapitre IX

Les anciens avaient appris à vivre avec l'odeur de la mort qui flottait depuis trop longtemps sur les montagnes du Béhémoth. Elle imprégnait leurs vêtements, elle gâchait leur nourriture, elle s'immisçait dans les chambres les mieux scellées et parvenait même à glisser jusqu'à la Porte des Justes. La tradition voulait qu'une recrue ait le droit de porter le foulard, mais bien vite elle renonçait et abandonnait l'étoffe moisie avec une grimace de dégoût. Nul ne pouvait échapper aux miasmes d'Achéron.

Depuis l'aube, l'odeur était devenue insoutenable. Dans les écuries, les palefreniers s'efforçaient de calmer leurs montures affolées par les relents de putréfaction qui s'infiltraient dans les écuries. D'un bout à l'autre du castel du Lion, les vétérans demeuraient silencieux. Eux seuls pouvaient donner un visage à ces effluves putrides et la peur se lisait dans leurs yeux. Cette peur-là, les jeunes soldats ne pouvaient pas encore la comprendre. C'était celle qui ne vous quittait plus lorsqu'un vieux compagnon mort à vos pieds se relevait soudain et dardait sur vous un regard gris où agonisaient les dernières étincelles de conscience. Le kriss d'une goule pouvait se briser sur l'âme d'un paladin mais la nécromancie, elle, frappait au cœur. Elle desséchait l'espoir et volait aux héros le sens de leur sacrifice. Sur les remparts, on ne craignait pas la fureur d'un combat mais le visage d'un ami déformé par le pouvoir des nécromants.

Des serments se scellaient à l'approche de la bataille. Les yeux humides, il fallait se convaincre que, l'heure venue, le frère d'armes deviendrait un ennemi et qu'à cet instant-là se jouerait l'avenir de Kaïber. Les meneurs circulaient dans les rangs pour rappeler que le corps d'un proche levé par un nécromant n'était plus qu'un amas de chair morte. « L'âme est déjà loin, répétaient-ils. Loin au-dessus des nuages. Frappez, compagnons. Frappez sans peur ! Arïn prendra soin des âmes tombées en ce jour. Il n'y a qu'un ennemi : la mort ! Et peu importe à quoi elle ressemble ! »


Sur ordre de Kyllion le Jeune, le commandeur des troupes du Lion, les premières unités de lanciers commençaient à former les rangs. Malhabiles sur les chemins de ronde, ces hommes repousseraient l'ennemi s'il parvenait à franchir les remparts du castel. Dans la lumière pâle du jour, ils esquissaient peu à peu des lignes d'or hérissées de lances et levaient leurs écus au passage de leurs frères qui montaient aux murailles.

En temps normal, seuls les paladins étaient en droit de veiller derrière les créneaux et au sommet des tours. L'horizon déchiqueté de la terre maudite avait brisé les caractères les mieux trempés. Il fallait une foi inébranlable pour scruter nuit et jour les arbres calcinés qui s'agitaient dans le vent, pour accepter le silence brisé par les mélopées des banshees qui planaient dans l'obscurité. Une telle routine n'était pas à la mesure des troupes régulières et, à contrecœur, Kyllion avait confié cette tâche à ses meilleurs paladins.

Pour l'heure, ces derniers se dressaient près des escaliers pour canaliser le flux des gardes et des archers qui prenaient position. Ils étaient la force vive de l'Alliance de la Lumière et venaient des quatre coins du royaume. Les plus représentés étaient sans nul doute les fiers bûcherons d'Allmoon. Une barbe fine et taillée avec soin leur tenait lieu de signe distinctif. Ils avaient quitté leurs forêts pour venir défendre leur terre et faire honneur à leur roi. C'étaient des hommes simples et courageux que Kyllion respectait et appréciait d'avoir à ses côtés.

Ces soldats-là affronteraient l'ennemi en première ligne. Jusqu'ici le castel n'était jamais tombé, mais la rumeur, cette fois-ci, annonçait une bataille comparable à celle qui avait vu naître la forteresse. Dans l'air glacé du matin, aucun ne doutait du rôle qu'on attendait de lui. Il fallait se battre, voilà tout. Se dresser comme un seul homme face à la vallée des cendres et tuer tous ceux qui tenteraient de mettre un pied sur les chemins de ronde. Alors on affûtait encore et encore la pointe de son pic de guerre.

La tension était palpable. Ce n'était pas seulement le destin de Kaïber qui se jouait ce jour-là, mais celui de la Lumière et de son combat éternel contre les Ténèbres. À ce moment précis, les dieux devaient se pencher avec intérêt sur ces quelques milliers d'homme qui défendaient un royaume. Si la digue cédait, alors viendrait le temps des cendres pour Alahan.

À midi, deux mille hommes garnissaient les trois flancs du castel exposé à l'ennemi. Aux cliquetis des armes s'étaient joints le froissement des bannières du

Lion et le souffle grave des cors. Les musiciens jouaient pour couvrir les sinistres grincements qui montaient de la vallée. L'épée au côté, ils marchaient à pas lents et brandissaient fièrement leur instrument à gueule de lion. Tous aimaient cette musique grave et syncopée. Elle était le son des braves, l'écho des vieilles victoires qui réchauffaient le cœur.

Kyllion avait tenu à rejoindre la barbacane qui encadrait la porte principale du castel. À ses pieds rugissaient en silence de grands lions sculptés dans la roche : la Meute. Symbole d'Alahan, de son obstination et de sa foi. Des combats dignes des dieux avaient été livrés entre les immenses mâchoires de ces statues. Le sang des braves avait teinté la pierre d'une couleur rouille qui rappelait à chacun le sacrifice des anciens. Plus qu'un symbole, c'était un défi séculaire aux légions noires qui venaient s'écraser contre les remparts.

Vêtu d'une armure sacrée aux reflets d'émeraude, le commandeur observait les manœuvres de la troupe. À ses côtés se tenaient ses deux plus fidèles compagnons : Aldenyss le Discret, fauconnier d'Alahan, et Drym, son garde du corps. Le premier était un homme bien charpenté dans la force de l'âge, engoncé dans un lourd manteau de cuir noir. Le second, un garçon qui n'avait pas vingt ans, longiligne, le visage pâle et émacié, choisi au sein d'une unité prestigieuse de faucheurs. À eux deux, ils étaient son ombre, ses yeux et son armure.

Par trois fois déjà, Drym avait abattu d'une seule balle l'assassin qui était parvenu à s'introduire dans l'entourage de son maître. Le Discret, lui, parlait peu mais voyait tout. Avec son faucon, Silentz, il avait développé une telle empathie que la mort de l'un signerait à coup sûr celle de l'autre.

Aldenyss s'était appuyé sur son maître, les yeux fermés. Quelques instants plus tôt, il avait libéré le rapace et l'avait laissé glisser dans la vallée, le cœur serré. À chaque fois que la brume happait le faucon, il ne respirait plus. Il était là-bas, avec lui, au cœur des Ténèbres, suspendu à une corde fragile faite de pensées et d'amour. Et si le destin voulait qu'une flèche croise le vol de son compagnon, alors il serait là. Pour mourir avec lui.

Aldenyss l'avait trouvé un soir d'hiver, piégé par une racine maligne, dans le creux d'un rocher. Luttant pour se libérer, l'oiseau s'était brisé les ailes. Alors le Discret l'avait soigné. Lentement. Sans s'imposer. Aldenyss était un homme bon, un simple colporteur qui allait de village en village depuis sa plus tendre enfance. Il ne savait rien faire d'autre que marcher et vendre sur les places publiques le fruit de ses cueillettes. Désormais, il n'était plus seul. Dans sa hotte chargée de dattes et d'herbes reposait un oiseau blessé. Chaque soir, lorsqu'il s'allongeait près du feu, il le glissait contre sa poitrine pour le protéger du froid. Leur indéfectible amitié naquit de cette longue convalescence. Ils devinrent inséparables. Et même si, parfois, le faucon cédait à la nature et disparaissait des jours durant pour rejoindre ses congénères, Aldenyss savait qu'il reviendrait. Tout comme il savait qu'au fil du temps, à ne vivre que pour l'oiseau, il avait oublié comment parler aux hommes.

On ne comprenait pas ses silences ni son regard absent. Comment pouvaient-ils savoir, eux qui n'avaient jamais senti la caresse d'un nuage ? Un seul l'avait accepté. Un seigneur qui, fait exceptionnel, avait quitté la forteresse pour venir à sa rencontre. Kyllion le Jeune avait eu vent de son talent et cherchait le meilleur fauconnier du royaume. Il s'était présenté devant le Discret sans mensonge ni flatterie, pour exiger une loyauté sans faille. « Tu as sauvé ton oiseau. Cela me suffit pour savoir que les Ténèbres n'auront aucune prise sur toi. On dit que tu n'aimes pas les hommes. Soit. Si tu viens avec moi, je les tiendrai loin de toi. Aujourd'hui, tu n'as plus le droit de garder ton talent dans l'ombre. Tu le dois à notre cause. À l'Alliance de la Lumière. Sois juste envers la vie. Elle a besoin de toi à Kaïber. »

Aldenyss se souvenait d'avoir simplement hoché la tête pour marquer son accord. Une décennie le séparait désormais de ce serment. Jamais il n'avait eu à le regretter.


Une bouffée de terreur l'arracha à ses souvenirs. Silentz venait de trouver les Ténèbres. Une plainte sourde s'échappa des lèvres du Discret.

– Ils sont trop nombreux… articula-t-il.

– Parle-moi, dit Kyllion. Tu es parmi nous. Vois mais ne crains rien, mon ami.

Le seigneur avait joint le geste à la parole. Sa main s'était vissée fermement sur l'épaule du fauconnier.

– Azël nous protège… Zombies… squelettes, ils avancent côte à côte. Par milliers. Et là… ce bruit. Les guerriers-crânes… Les cendres se lèvent… Oh, maître… et ici… les faux… (Son corps frémit et sa voix devint tout juste perceptible.) Des Wolfen…

Il rejeta soudain la tête en arrière pour éviter une flèche qui visait son compagnon à plusieurs kilomètres de là.

Silentz bravait le danger. Des tambours de guerre signalaient son apparition. Des archers commençaient à le prendre pour cible tandis que les nécromants en appelaient aux anges morbides, squelettes ailés qui ne cédaient le ciel qu'aux dragons de la Lumière. Le vent qui s'engouffrait dans leurs ailes en lambeaux émettait une plainte sèche et lugubre dont chaque défenseur de Kaïber avait appris à se méfier. « Si le vent se plaint, regarde le ciel », disaient les anciens.

Pour l'heure, les anges morbides se déployaient pour donner la chasse à l'intrus.

— Prends garde, souffla son maître.

L'empathie portait sa voix jusqu'au faucon. Il redoutait néanmoins que l'empreinte des Ténèbres ne finisse par l'étouffer tant l'oiseau devait s'enfoncer de plus en plus loin pour rejoindre l'arrière-garde ennemie.

— Il vole, affirma le fauconnier, les yeux mi-clos. Il vole encore et encore, mais il n'y a pas de fin. Seigneur, cette armée n'a pas de fin.

— Toutes les armées en ont une, gronda Kyllion. Qu'il aille plus loin.

Le Discret craignait qu'en dépit de leur amitié vienne un jour où il aurait à choisir entre Silentz et le serment fait au commandeur. Le faucon s'éloignait de la Lumière et s'enfonçait dans la Dixième Baronnie. À travers les lambeaux de brume, il distinguait désormais les contours d'un immense nuage gris précédé d'un écho, un martèlement sourd et cadencé qui faisait vibrer la terre. Il sentait peser sur lui le regard des nécromants et savait qu'il devait faire vite. Un battement d'ailes le déporta aux frontières du nuage formé de cendres et de poussières.

Il plongea à l'intérieur.

Le Discret tressaillit et de ses lèvres pâles s'échappa un murmure :

– Des spectres, des goules… Des charognards aussi. Ils sont partout.

– En tout ? Combien sont-ils en tout ? demanda Kyllion. Donne-moi un chiffre pour cette armée.

– Des dizaines de milliers. Une mer d'os…

– Tu te trompes. Toutes les Maisons d'Achéron réunies n'y suffiraient pas.

– Là-bas… lui. Le Grand Crâne.

À cet instant précis, Kyllion le Jeune prit conscience que la Dixième Baronnie ne venait pas pour l'affaiblir. Elle venait pour l'écraser.

Ortho, le légat impérial chargé de diriger la garnison akkylanienne de Kaïber, parcourait à grandes enjambées les interminables couloirs de la Grise, l'immense muraille qui barrait la vallée d'ouest en est. Derrière lui marchait la garde prétorienne qui assurait sa protection rapprochée.

Il connaissait chaque recoin de ce rempart dont l'épaisseur atteignait parfois près de vingt mètres. Il incarnait la frontière entre la Lumière et les Ténèbres, dressés dans le dos du castel du Lion comme l'épaule d'un grand frère.

Avec la même exubérance qu'il mettait au service de sa foi, Ortho se faufilait entre fusiliers et artilleurs pour distribuer quelques mots d'encouragement tandis que ses grandes mains osseuses glissaient avec délectation sur le fuselage des canons. Ici se jouerait bientôt une partition comparable à la colère de Merin lorsque les gueules noires cracheraient leurs boulets vers les lignes ennemies. La mitraille de pierre et de fer faucherait les rangs des damnés, et cette pensée était un élixir dans le corps usé du légat.

Depuis peu, il ressentait une profonde lassitude. Il menait une bataille que l'empereur ne considérait plus comme une ultime priorité. Le regard d'Octave IX se portait vers un autre horizon, celui de la Seconde Croisade. La quête du tombeau d'Arcavius était devenue une obsession. Le fondateur de l'Akkylanie hantait les rêves de l'empereur. Et dans ces rêves, Kaïber n'était plus qu'une vieille histoire. Ortho voyait encore les lèvres pâles de l'empereur articuler la sentence : « Mon cher, lui avait-il soufflé avec un air résigné, notre guerre dure depuis bien trop longtemps. Elle est là, ancrée dans nos chairs comme un chancre. Elle nous ronge mais nous avons appris à vivre avec. Vous m'offrez une muraille et de longues années de patience là où j'ai besoin d'une conquête. Je suis le père de cet empire et mon peuple veut que je lui ouvre de nouvelles routes… »

L'empereur n'était pas un enfant de Kaïber comme lui, un orphelin des sables déposé un quart de siècle plus tôt à la Porte des Justes par un vieil inquisiteur au visage tanné. Pris en charge par les prélats de la forteresse, il était semblable à tous ces nouveau-nés que la Seconde Croisade privait de père et de mère. Comme eux, il avait grandi dans la lumière du Dieu unique, il avait appris l'humilité entre les quatre murs de sa cellule monastique, il avait étudié les textes sacrés auprès de vieux maîtres théologiens, il avait servi comme simple artilleur derrière les canons de la Grise pour éprouver sa foi, il avait foulé les sentiers de la vallée des cendres pour combattre les Ténèbres. L'Inquisition avait su déceler ses prédispositions au combat et passé outre à son désintérêt marqué pour l'enseignement théorique. Sa dévotion s'accomplissait dans le sang. Son épée pour credo, sa foi se fortifiait chaque jour un peu plus au contact du Mal.

Des prélats tentèrent sans succès d'enrayer son ascension fulgurante au sein de la hiérarchie akkylanienne. À trente-sept ans, il devint le plus jeune légat impérial de l'histoire et refusa les charges prestigieuses qu'on lui réservait à Arcavia. Il appartenait corps et âme à cette forteresse. Il lui semblait qu'un accord secret et tacite les liait intimement. Elle l'avait accueilli, elle avait révélé ce qu'il avait de meilleur en lui. En retour, il lui consacrerait sa vie. Plus d'une fois, il avait évoqué ce serment dans le confessionnal de la cathédrale, ce sentiment troublant de ne plus savoir, parfois, si ses prières s'adressaient à Kaïber ou à son dieu. Dans son esprit la frontière était claire, mais ses rêves, eux, lui montraient une jeune femme vêtue de blanc, au teint diaphane, qui traversait la Porte des Justes pour venir le chercher. Ce songe récurrent l'obsédait et le réveillait en sueur, la gorge sèche et les mains tremblantes.

Un son mat l'arracha à ses pensées. Un boulet avait échappé des mains d'un artilleur et roulé jusqu'à ses pieds. Tétanisé, le coupable s'agenouilla pour présenter ses excuses. Ortho le repoussa d'un petit geste agacé et, les traits crispés par l'effort, ramassa lui-même le boulet pour le porter jusqu'au canon.

## Chapitre X

Kaïber vivait à travers la Salle des plans. Certaines batailles s'étaient gagnées ici, dans une immense pyramide tronquée et inversée dont la construction s'était achevée un siècle plus tôt.

Séparé de la Grise par un gouffre baptisé la Faille, le bâtiment avait été conçu pour permettre à l'Alliance de commander l'ensemble des forces rassemblées dans la citadelle. Ses quatre côtés étaient occupés par des gradins de métal ouvragé qui s'échelonnaient tous les trois mètres et culminaient à près de cent mètres de hauteur. Au centre s'élevait un large cône d'albâtre dominé par la table des commandeurs. Un artefact unique reposait à l'intérieur du cône, visible seulement par ceux qui s'asseyaient autour de la table.

L'Arkäll. Syd expira pour maîtriser son émotion lorsque son regard se posa sur la sculpture de granit logée dans l'albâtre.

Elle représentait une fillette, âgée de six ou sept ans. De longs cheveux lui masquaient les deux côtés du visage et tombaient en cascade jusqu'au sol. Elle était assise, les jambes dépliées sur le côté, une main en appui, l'autre levée à hauteur de sa poitrine, les doigts ouverts, paume vers le ciel. Ses paupières mi-closes laissaient entrevoir deux globes aux couleurs de l'aurore dont la lumière rasante tombait sur ses genoux. Les Sphinx l'avaient représentée avec une simple chemise qui la couvrait jusqu'à mi-cuisse.

Syd avait longtemps rêvé de ce visage au nez fin et légèrement busqué, aux pommettes saillantes et aux lèvres boudeuses. L'œuvre était si parfaite que Syd, comme beaucoup d'autres enfants de la forteresse, était persuadé qu'il s'agissait d'une jeune fille pétrifiée qu'un de leurs baisers délivrerait.

L'Arkäll était dévouée à la guerre. Dans ses cheveux scintillaient des gemmes de Lumière et, de sa main ouverte, jaillissaient des rais de lumière qui esquissaient le volume de la forteresse et de ses alentours. Cette représentation fidèle de Kaïber scintillait dans le vide et tournoyait lentement sur elle-même. Nourrie par les constructs qui sillonnaient les remparts, l'enfant symbolisait chaque combattant par une petite étincelle qui ne disparaîtrait qu'à sa mort.

Syd avait appris à déchiffrer Kaïber à travers l'Arkäll. Melehän, plus doué que lui en la matière, l'avait souvent aidé à discerner les nuances d'une étincelle. Il fallait savoir distinguer l'éclat de l'homme blessé de celui d'un guerrier à l'agonie, il fallait surtout savoir absorber ce reflet, se laisser pénétrer par lui, s'abstraire pour faire corps avec Kaïber.

Syd se souvint de la main de son père sur son épaule tandis qu'il le guidait entre les gradins pour obtenir une meilleure vue sur l'artefact. « C'est un outil, mon fils, disait-il. L'outil ne fait pas l'artisan tout comme l'épée ne fait pas le guerrier. C'est un outil précieux et magique qui nous aide à réagir vite, à empêcher Achéron de se glisser jusqu'ici. D'où qu'ils viennent, nous le saurons toujours. Nous sommes des Cynwälls, c'est à nous que revient le devoir d'offrir à l'Alliance les moyens de prendre les meilleures décisions. Cela ne préside en rien au destin de l'homme qui se bat sur les remparts. Ici, nous pensons la guerre tandis que d'autres la font. L'un ne va pas sans l'autre. Et toi, mon fils, tu devras, comme moi, savoir faire les deux pour me succéder. »

En compagnie des maîtres équanimes, Syd avait passé de longues heures à méditer en présence de l'Arkäll, à détacher son esprit des réalités de Kaïber pour lui substituer ce relief lumineux et en interpréter les plus infimes variations.

L'exercice le plongeait bien souvent dans une fatigue léthargique et l'obligeait à se reposer plusieurs jours entre chaque tentative tandis que Melehän, lui, se satisfaisait de quelques heures de repos. Lorsque l'un d'eux n'était pas à la Salle des plans, l'autre s'amusait à le chercher parmi les milliers d'étincelles de la forteresse et à se familiariser avec son éclat. Bien avant lui, son frère avait été en mesure de reconnaître la sienne en dépit des efforts qu'il déployait pour se dissimuler parmi les troupes de l'Alliance.

Elfes cynwälls, Lions d'Alahan et Griffons d'Akkylanie se turent dès lors que son entrée fut remarquée. Il n'y eut bientôt plus que le cliquetis régulier des constructs qui se faufilaient entre les allées.

Syd prit place dans le fauteuil réservé au commandeur des Cynwälls et posa les yeux sur l'immense reflet de Kaïber. Son cœur cognait férocement dans sa poitrine. Il se tourna vers les deux hommes qui siégeaient à ses côtés.

Kyllion le Jeune, commandeur des forces du Lion, et Ortho, le légat impérial des forces akkylaniennes, le saluèrent d'un petit signe de tête.

Le Lion portait, pour l'occasion, une simple armure de cuir, ainsi qu'une grande écharpe de soie rousse nouée autour du cou. Syd reconnut ce visage noble et attentif, l'expression sincère de ces grands yeux noisette enchâssés sous d'épais sourcils grisonnants. La barbe taillée en rectangle, le front haut et la mâchoire volontaire, le guerrier rassurait et inspirait ses troupes. De tous les combats, il savait aussi bien mener une charge sur les remparts du castel du Lion qu'anticiper les mouvements de l'ennemi à travers l'Arkäll. Ses nombreuses blessures lui avaient valu les plus hautes distinctions dont il ne retenait qu'une : un baiser fougueux de la Lionne Rousse que les vétérans évoquaient encore avec une larme à l'œil. Respecté de ses hommes aussi bien que de ses alliés, Kyllion le Jeune servait Kaïber au même titre que son roi.

Ortho, lui, ne servait que le dieu Merin à travers la citadelle. Grand, d'une maigreur maladive, le visage planté sur un long cou frêle et pâle, il rêvait d'étendre les valeurs de l'Inquisition à l'ensemble de la forteresse. Intendant redoutable et remarquable stratège, il parlait peu et décidait de tout. Ses alliés louaient son intelligence et redoutaient ses jugements. Entre ses mains, l'Inquisition avait transformé les quartiers griffons en une immense chapelle qui vibrait au son de l'épée et de la prière.

Renfoncés dans leurs orbites, les yeux azur du légat se posèrent sur le Cynwäll avec un mélange de curiosité et de répulsion. Ses traits se durcirent lorsque son regard se posa sur l'épaule déformée par le relief de l'Échyrion. La présence de l'artefact le gênait. Il porta la main à une croix de bronze qui pendait à son cou et murmura quelques mots inintelligibles.

– Lions et Griffons sont honorés de vous avoir à leurs côtés, déclara Kyllion.

– Merci, dit Syd.

– Les Griffons espèrent toutefois que vous saurez faire taire les rumeurs, enchaîna Ortho d'une voix austère. Votre Guide vous a choisi et nous respectons cette décision. Néanmoins, cette succession revêt des aspects troublants.

– Des explications viendront plus tard, répondit Syd.

– Cela ne me convient pas. L'Alliance existe dans la confiance.

– Kyrô s'expliquera l'heure venue, intervint Kyllion. Syd, j'ai reçu votre père comme un frère et il restera parmi les Lions autant de temps qu'il lui plaira. Je me dois de vous dire combien il compte sur votre visite.

Syd acquiesça d'un petit mouvement du menton.

– Je tiens à être très clair. J'ai été formé pour commander les Cynwälls de Kaïber. Durant près de vingt ans, mon père et ses plus fidèles lieutenants m'ont formé et transmis leur savoir. J'ai livré bataille en Achéron, j'ai combattu durant quatre ans au sein d'un trièdre. J'estime ma place légitime à vos côtés.

– Vous avez ma confiance, dit spontanément Kyllion.

– En de telles circonstances, je regrette que le Guide n'ait pas nommé un homme d'expérience, précisa Ortho. Certes, vous êtes en théorie le plus apte à succéder à votre père, mais vous avez renié Kaïber une fois. Cela me suffit pour éprouver de sérieux doutes sur votre engagement.

– Vous confondez mon père avec cette forteresse, répliqua Syd.

– Servir Kaïber, c'est y naître et y mourir.

– J'y suis né, il faudra vous en contenter.

Kyllion se pencha et posa une main sur le bras du légat impérial :

– Ortho, nous n'avons plus beaucoup de temps.

Le légat hocha la tête. Un sourire fendit son visage osseux.

– Une seule question, Syd : avez-vous pris les mesures adéquates pour reprendre vos hommes en main ?

– Les troupes cynwälls sont placées sous mon autorité directe. Cela vaut surtout pour les chevaliers-dragons que mon père a vraisemblablement tenté de soustraire à la volonté de l'Alliance. Je puis vous assurer ceci : les dragons interviendront lorsque nous l'aurons décidé ensemble. J'ai également constaté que nos hélianthes n'étaient plus autorisés à se déplacer librement au sein de la Grise. Je conçois que vous leur refusiez l'entrée de vos quartiers, Ortho, mais, jusqu'à nouvel ordre, cette muraille est considérée comme un secteur commun. Elle appartient à l'Alliance, pas aux Griffons.

– Vos hélianthes perturbent mes troupes, dit le légat. Mes meilleurs tireurs se plaignaient depuis longtemps de la présence de vos constructs. Votre père avait accepté le principe d'un accès limité.

– C'est une erreur. La notion de secteur commun a été clairement définie dans le code du Béhémoth. Nous, Cynwälls, avons toujours considéré ce code comme un pilier fondateur de Kaïber. Je ne vois aucune raison valable de maintenir cette restriction en l'état. Je demande son annulation.

– Je soutiens cette proposition, déclara Kyllion le

Jeune. Deux voix pour, une voix contre. Proposition acceptée.

Ortho poussa un léger soupir et fit signe à Syd de poursuivre.

— À l'inverse, j'ai constaté que mon père avait levé l'obligation de ravitaillement.

— C'est exact, confirma Kyllion.

— C'est une servitude de principe, dit Syd. Considérez que mes troupes assumeront ces corvées comme par le passé. Autre point : les veilles. Des rapports font état d'un relâchement caractérisé : des soldats endormis et, plus grave, trois cas avérés de corruption pour échapper aux tours de garde.

— Tous les coupables ont été punis, précisa le légat impérial.

— Avons-nous une explication ?

— L'usure. L'ennemi ne se montre plus. Faute d'ennemis, la discipline se relâche.

— Il est important de montrer l'exemple. Les coupables devront intégrer les unités de reconnaissance. Kyllion, je vous propose des expéditions concertées avec vos faucheurs. Est-ce possible ?

— Bien entendu.

— Parfait. J'en viens à l'essentiel. D'ordinaire, les nôtres sont employés comme unités de réserve. Je tiens à engager nos unités hélianthes sur les remparts du castel. Ainsi que les moines de plusieurs monastères dont je vous soumettrai la liste au plus vite.

Kyllion sourit, effleuré par le souvenir d'un enfant qui, du haut de ses huit ans, s'étonnait déjà que les seuls Cynwälls engagés en première ligne soient des constructs.

– J'en parlerai à mes hommes, dit-il. En tout cas, je n'y vois pas d'inconvénient à condition de bien coordonner leur déploiement.

– J'y veillerai.

Dans les gradins, Lions, Griffons et Cynwälls écoutaient les trois commandeurs avec attention.

– Il y a d'autres points, moins importants, que j'aimerais clarifier avec vos intendants et vos lieutenants, poursuivit Syd. Organisons un conseil tout à l'heure. Dans un salon de l'Exianthe, par exemple. D'ici là, pouvez-vous me dresser un portrait général de l'état de vos troupes ?

Ortho prit la parole le premier :

– Les renforts promis par l'empereur ne viendront pas. La Seconde Croisade est devenue une priorité absolue. J'avais le soutien d'un vieil ami, le cardinal Fero, mais son intervention n'y a rien changé. La commanderie de l'Est ponctionne les forces vives de notre empire. Les batailles menées contre les légions alchimiques deviennent de plus en plus coûteuses.

– Et Innocent ? s'enquit Syd. Ne peut-il pas vous appuyer ?

– Dieu a parlé à Sa Sainteté. Il lui a ordonné de mettre ses serviteurs au service de la Seconde Croisade, et ce quel qu'en soit le prix. Je dois m'incliner.

– De combien d'hommes disposez-vous ?

– Un peu plus de trois mille. En théorie, mille deux cents fusiliers et quatre cents artilleurs pour deux cents canons.

Il leva la main vers le reflet de l'Arkäll et désigna les fortifications bâties en hauteur sur le flanc des montagnes, de part et d'autre du castel. À l'ouest s'élevaient les contreforts du Ponant et à l'est ceux du Levant.

– Nous avons achevé les travaux de consolidation. Je vais cantonner les trois quarts de mes conscrits, environ six cents hommes, au soutien des contreforts. Ils appuieront mes fusiliers si l'ennemi nous engage au corps à corps. Le cas échéant, je tiendrai plusieurs unités d'inquisiteurs en réserve.

– Et si cela ne suffit pas non plus ? demanda Syd.

Ortho leva un sourcil circonspect.

– Les inquisiteurs ont *toujours* suffi.

– Répondez, légat, insista Syd avec un sourire déterminé.

– Si l'ennemi infiltre les contreforts, mes artilleurs les condamneront à l'aide de charges explosives, certifia-t-il en montrant le réseau de galeries qui s'étendait des extrémités de la Grise jusqu'aux premières tours des contreforts. Soyez assuré que je ne prendrai aucun risque. L'intégrité de la muraille est fondamentale.

– Vous sacrifieriez vos conscrits et vos fusiliers ?

– Les enfants de Merin meurent sans crainte du Jugement.

Il passa une main sur son crâne lisse et montra l'ensemble des édifices des Griffons :

– J'ai confié la garde de nos quartiers aux chasseurs de ténèbres. Les meilleures unités seront positionnées aux alentours de la cathédrale et traqueront les éléments infiltrés. Au besoin, nos magistrats leur prêteront main-forte pour rendre nos quartiers inviolables. Au même titre, mes templiers assureront la défense de la muraille. Quant à moi, je me tiendrai à disposition de l'Alliance avec ma garde prétorienne renforcée par plusieurs unités d'inquisiteurs.

– Et si la muraille tombait ? suggéra Syd.

– La muraille n'est jamais tombée, dit le légat, les paupières mi-closes.

– Mais Achéron n'a jamais rassemblé une armée de cette envergure depuis la première bataille. Ma question demeure : que ferez-vous si l'ennemi envahit la Grise ?

– Nous ferons ce que nos ancêtres préconisaient déjà avant même que cette forteresse ne soit achevée, précisa Kyllion. Nous nous replierons derrière la Faille et nous défendrons nos quartiers. Ils ont été conçus dans ce but, n'est-ce pas ? Et si cela ne suffit pas, nous nous retirerons derrière les remparts du Cercle.

Le Cercle, un immense disque de pierre flanqué de hautes tours carrées, représentait l'ultime bastion de l'Alliance. Il s'élevait au passage le plus étroit de la passe. Conçu et entretenu par les hélianthes, il reposait sur un immense socle de calcédoine et pouvait, dès lors qu'un pan de muraille menaçait de tomber, pivoter sur lui-même afin de présenter à l'ennemi la courbe d'un nouveau rempart. Au-delà du Cercle, il n'y avait plus que les fortins qui encadraient la Porte des Justes et, juste derrière, la plaine et les vastes territoires d'Alahan.

– Le Cercle ne tournera pas, déclara Kyllion d'une voix grave. Les Lions tiendront le castel et empêcheront Achéron de poser un seul pied sur la Grise. Cela dit, mes hommes s'inquiètent. Pour la plupart, ils connaissent bien Kaïber, ils ont tous participé à plusieurs batailles, mais celle-ci leur fait peur. Ortho a raison. Quand l'ennemi ne se montre plus, les hommes deviennent nerveux. Le moral de mes gardes vacille.

– Combien sont-ils aujourd'hui ?

– Un peu plus de trois mille. Et moins de trois cents paladins pour les mener au combat.

– Vos épéistes ?

À trois reprises déjà, Syd avait pu apprécier la valeur de ces unités d'élite à l'armure mordorée et au pavois rouge sang. Disciplinés et redoutables au corps à corps, les épéistes comptaient parmi les troupes du Lion les plus aguerries.

– Environ cinq cents, répondit Kyllion. La moitié servira au castel. Les autres protégeront nos quartiers et soutiendront une éventuelle sortie de nos chevaliers. Je ne devrais même pas parler d'éventualité. Soyez certain que les Portes des Audaces et des Braves s'ouvriront bientôt.

Syd leva les yeux sur les deux grandes portes qui s'ouvraient, au bas de la muraille, de part et d'autre du castel, prolongées par de vastes passages voûtés et condamnés à intervalles réguliers par de lourdes herses de fer. À l'intérieur résonnait encore l'écho lourd et cadencé des charges menées par les destriers d'Alahan.

– Ils seront conduits par un homme en qui j'ai toute confiance, poursuivit Kyllion. Il pourra, à coup sûr, briser l'encerclement du castel si l'ennemi résiste sous le feu des contreforts.

– Un invité de marque, murmura le légat impérial.

– Dragan d'Orianth, fit Kyllion en direction de Syd.

La réputation du baron de Daneran s'étendait jusqu'à Lanever. Dragan le Miséricordieux dirigeait la baronnie voisine d'Achéron, un territoire dont la frontière occidentale s'échouait au pied de l'escalier qui montait à la Porte des Justes.

– Sa présence n'est pas encore connue des troupes. J'en ferai l'annonce au moment opportun.

— Ne tardez pas trop, conseilla Ortho d'un air entendu.

— Je dispose encore de deux cents faucheurs. Dispersés dans nos avant-postes et le long de l'Ancienne Muraille. Ici et là, dit-il en montrant les ruines visibles à sept cents mètres en avant du castel. Ils testeront l'avant-garde ennemie aussi longtemps que possible et opéreront leur jonction ici, près du marais, pour se retirer en bon ordre, sous couvert du contrefort du Levant. J'ai confié le commandement de nos chevaliers à Dragan d'Orianth, je prendrai donc celui des paladins de l'Amarante.

— Il me tarde de les convertir, ironisa le légat impérial.

— N'y comptez pas, lui répondit Kyllion dans un grand éclat de rire, ces hommes serviront Arïn jusqu'à la mort.

Le visage du Lion se rembrunit brutalement lorsque Syd l'apostropha :

— Kyllion, attendez-vous des renforts de votre roi ?

— Aucun. Gorgyn refuse d'intervenir. Nos barons sont saignés à blanc et les troupes manquent sur tous les fronts. La preuve, mon vieil ami Dragan n'est venu qu'avec son escorte personnelle. Rien n'a changé : Kaïber doit tenir seule face aux Ténèbres.

# Chapitre XI

Les trois commandeurs s'étaient quittés devant les portes de l'Alderia après la tenue d'un conseil en compagnie des principaux lieutenants et intendants de l'Alliance. Pendant près de trois heures, Syd s'était efforcé de faire prévaloir sa conception personnelle du commandement et en particulier l'importance qu'il accordait à l'engagement cynwäll aux côtés des Lions et des Griffons. Le désintérêt marqué par Kyrô avait laissé des meneurs elfes se complaire dans leurs prérogatives élitistes et négliger leur rôle au sein de la chaîne de commandement. Sur la foi des rapports soumis par le Premier tribunal et les suggestions de ses alliés, il avait remanié en profondeur l'état-major elfique. Bien qu'il ait eu conscience d'agir dans la précipitation et de ne pas pouvoir, dans certains cas, juger par lui-même de la vérité, il avait renvoyé des meneurs et nommé à leur place ceux qui, d'après de nombreux témoignages, croyaient encore à leur combat. Une délégation de tribëns avait quitté l'Alderia à quatre reprises pour avertir les personnes concernées et faire appliquer sur-le-champ les ordres signés de la main même du commandeur.

Le conseil levé, Syd avait rallié la Salle des plans

tandis que Kyllion et Ortho accomplissaient une dernière tournée d'inspection sur les remparts.

Le dos calé contre des coussins, il fixait à présent la réplique scintillante de Kaïber. Les souvenirs extraits de sa mémoire venaient peu à peu nourrir sa concentration et activer de vieux réflexes qu'il croyait à jamais oubliés. Pour maîtriser l'Arkäll, il devait forcer son esprit à l'abstraction, faire taire les bruits parasites de la Salle des plans pour n'exister qu'à travers la réplique et devenir sa conscience.

« Sois Kaïber, disait maître Thalsö. Sois ses vieilles pierres, sois ses meurtrières, ses gouffres, ses fissures. Mais sois aussi son horizon, son ancrage dans la terre d'Alahan, ses fondations, le sommet de toutes ses tours. »

Syd sentait la présence de l'Échyrion à ses côtés. L'empreinte mentale de l'artefact accompagnait son maître afin qu'il n'ait pas à se soucier des crampes, de la faim ou de la fatigue. Elle n'eut pourtant pas l'énergie nécessaire pour l'empêcher de frissonner lorsque la lumière déclina à la périphérie de la réplique. L'influence de l'Arkäll portait jusqu'à l'Ancienne Muraille où les faucheurs de Kyllion avaient pris position pour éprouver la résistance de l'avant-garde ennemie. Dispersées dans les ruines, leurs petites unités demeuraient immobiles en dépit de cette tache noire qui envahissait, telle une flaque d'huile, le sol tourmenté de la vallée.

L'éclat de l'Arkäll déclinait sous la progression de l'ennemi. La lèpre impie avançait inexorablement et commençait à se répandre dans les interstices de l'Ancienne Muraille.

Sa gorge se contracta lorsque la première étincelle mourut au contact de l'ennemi. En dépit de toute son expérience, en dépit de la lucidité qu'il avait érigée en principe, il ne put empêcher son esprit de se projeter, pendant un bref instant, au cœur du combat. Son père l'avait plusieurs fois mis en garde sur la frontière ténue entre l'interprétation et l'imagination. « Si ton imagination prend le dessus, tu sombreras, fils. Tu dois interpréter les faits, mais jamais, tu m'entends bien, jamais tu ne dois essayer d'imaginer ce que cache une étincelle mourante ou la lumière déclinante d'un rempart. Tu es un Cynwäll, tu n'es pas en droit d'éprouver le doute ou la peur. »

Un temps freiné par les escarmouches visibles sur toute la longueur de l'Ancienne Muraille, la lèpre reprit son avance et commença à s'écouler entre les unités du Lion. Cernées par l'ennemi, les étincelles ne furent bientôt plus que des îlots de lumière vacillants avant d'être brutalement englouties.

D'autres parvenaient à se replier et à mener une lutte sans merci pour retarder l'ennemi. Les premiers messages en provenance du front signalaient une discipline inédite dans les rangs ennemis. Les légions obscures ne se dispersaient pas et se contentaient de détacher des cohortes de charognards pour poursuivre les petits groupes d'éclaireurs qui s'étaient dévoilés.

En accord avec Kyllion, Syd ordonna aussitôt le retrait définitif de tous les faucheurs. Dans l'heure qui suivit, ils se repliaient sur Kaïber et abandonnaient la vallée à l'ennemi.


La lèpre grignotait lentement du terrain. Syd avait vu, quelques minutes plus tôt, une larme couler sur la joue de l'Arkäll. Un jeune disciple s'était précipité au chevet de la sculpture pour recueillir avec déférence la précieuse larme de granit. L'incident était clos mais il avait marqué les esprits.

L'excitation qui avait animé les gradins aux premiers instants de la bataille s'était évanouie. Tous les regards convergeaient vers l'ourlet principal de la tache noire qui progressait vers les remparts.

Un silence pesant recouvrit la Salle des plans.

Syd profita de cet ultime moment d'accalmie pour se retourner et adresser un sourire aux jeunes hélianthes qui se dressaient derrière lui. Ils seraient sa voix tout au long de la bataille et se chargeraient de répercuter les décisions de leur commandeur aux échelons concernés. Son regard embrassa la bâtisse tout entière, les mines graves et affairées des archivistes et des officiers qui peuplaient les gradins, l'incessant va-et-vient des messagers cynwälls et des constructs ailés au-dessus de leurs têtes, et celui, plus lent, des magistrats du Griffon qui veillaient à ce que rien ni personne ne perturbe le travail accompli en ces lieux.

Comme le voulait la coutume, l'un d'entre eux s'était d'ailleurs avancé sur une chaire pour égrener à voix haute le nombre de mètres qui séparaient encore l'armée des morts vivants des premières salves akkylaniennes.

Les artilleurs retenaient leur souffle. Dans un bruit sourd, deux cents canons s'étaient avancés pour pointer leurs gueules noires à travers les volets de métal qui formaient une ligne de sabords le long de la Grise. Accompagné de la garde prétorienne, Ortho avait tenu à diriger personnellement la manœuvre.

Sous le manteau de brume, l'ennemi demeurait invisible mais s'entendait jusqu'à la Porte des Justes. Le sol tremblait et répercutait le martèlement cadencé des milliers de damnés qui marchaient sur la citadelle.

– Trente mètres… vingt, dix… À portée de tir ! s'exclama le magistrat.

Syd fit signe aux hélianthes d'agir. Sous la terre, des constructs enterrés s'éveillèrent, guidés par l'appel des mages cynwälls. De la pointe des contreforts jusqu'au sommet des tours-dragons, les défenseurs de Kaïber saluèrent les rayons de lumière qui crevèrent soudain le manteau de brume et s'élevèrent vers le ciel en colonnes étincelantes. Elles étaient, pour chaque artilleur, la clarté qui guiderait leur tir.

À la lumière fit écho la poudre, et à la poudre le sifflement des boulets. L'ennemi vacilla sous le feu griffon. Dans la Salle des plans, la tache cessa de grandir et parut même refluer pendant un bref instant. Dans la vallée, zombies et squelettes décimés par la première salve disparurent, piétinés par leurs frères maudits.

Au même moment, sur les remparts du castel, de nombreux fauconniers d'Alahan cédaient leurs fidèles compagnons au vent. Dans un bruissement d'ailes, les rapaces s'arrachèrent aux remparts pour plonger dans les lambeaux de brume à la rencontre de l'ennemi et surtout de ses chefs. À eux revenait la mission cruciale de repérer les nécromants pour aiguiser le feu des artilleurs.

Kaïber tout entière tremblait au grondement des canons.

Aux pointes les plus avancées des contreforts, les fusiliers griffons épaulaient lentement leur arme.

Aux créneaux du castel, les paladins abaissaient la visière de leur heaume.

Dans une salle de banquet, Ortho mit à genoux sa garde prétorienne afin de prier à son côté et de recommander l'âme des combattants de Kaïber à Merin le dieu igné.

Au sommet d'une haute tour du castel, Kyllion le Jeune s'apprêtait à rejoindre la Salle des plans. Sa main effleura la garde d'Araldine, sa vieille et fidèle épée :

– Voici venue l'heure des braves… Puisse la Lumière servir ceux qui l'honorent.


L'armée d'Achéron jaillissait de la brume.

En vagues putrescentes, les corps déformés par la haine et la faim, des milliers de zombies marchaient droit devant eux. Tandis que les canons tonnaient au-dessus de leurs têtes, les archers alahans massés sur les chemins de ronde du castel bandaient la corde de leur arc et élevaient lentement leur mire vers le ciel.

Kyllion le Jeune ordonna le tir. Le ciel s'obscurcit, voilé par une nuée de bois clair. Les flèches creusèrent de profonds sillons dans les premières lignes sans toutefois ralentir l'avancée des troupes. L'ennemi manœuvrait vers les remparts sans se soucier des ravages causés par les tirs conjoints des Lions et des Griffons.

Depuis les contreforts, les fusiliers abattaient des rangs entiers de squelettes qui tentaient maladroitement d'escalader les rochers. Des balles gravées aux symboles de la Lumière sifflaient comme des étoiles filantes et fracassaient les crânes, d'autres s'enfonçaient dans la chair nécrosée pour la dissoudre comme de l'acide.

L'influence des Ténèbres devenait si intense que la réplique de l'Arkäll avait déjà vacillé deux fois, comme une flamme sous la brise.

Syd s'efforçait de déchiffrer les intentions de l'ennemi. En dépit du protocole, il avait retiré son masque pour écarter les mèches que la sueur collait à son front. Ses yeux clignaient, usés par les reflets de la réplique. Son regard tentait de saisir chaque détail pour comprendre le tout. Il captait l'extension d'une étincelle au même titre que les vastes fluctuations de l'armée ennemie.

La tache noire qui symbolisait les légions obscures à la surface de la réplique s'était stabilisée sur un front unique et oscillait à moins de cinquante mètres du castel, face aux immenses sculptures de la Meute.

Des messagers allaient et venaient dans les gradins, porteurs de rapports encourageants. Le feu de l'Alliance broyait les troupes en première ligne et les empêchait de parvenir jusqu'aux remparts. L'odeur, en revanche, n'était plus supportable. Des soldats vomissaient, le ventre noué par les relents de pourriture. D'autres, le teint pâle, allumaient leur pipe avec des gestes tremblants pour inhaler la fumée et ne plus sentir les remugles maudits.

Les rapaces envoyés au-dessus du champ de bataille revenaient peu à peu. Certains étaient blessés, d'autres avaient disparu, mais la rumeur, déjà, se répandait à travers la forteresse. De mémoire de fauconnier, Achéron n'avait jamais déployé autant de guerriers-crânes pour relayer l'influence des nécromants et assurer une parfaite discipline au sein des troupes régulières. Aucun faucon n'avait pu survoler l'armée tout entière tant elle s'étirait loin vers le nord.

Kyllion avait écouté avec attention. Le début de la

bataille l'avait conforté dans l'idée que Kaïber pouvait résister aux prochains assauts. Il le savait mieux que quiconque : le nombre n'avait jamais déterminé la valeur d'une armée. L'absence des anges morbides dans le ciel l'inquiétait davantage que les légions de morts vivants. Tant que la bataille se déroulerait au sol, Kaïber ne tomberait jamais. Flanqué de Drym Elsöm, il traversa la Grise plongée dans l'odeur âcre du soufre pour rejoindre la Salle des plans.

Syd accueillit le commandeur en silence. Depuis peu, il notait des changements subtils dans la formation de bataille adoptée par l'armée ennemie. Celle-ci glissait sur le flanc gauche de la forteresse, il en avait la certitude, et ne tarderait pas à s'engager entre les contreforts du Ponant et la muraille ouest du castel. La réplique montrait clairement que les troupes à portée des contreforts du Levant se dérobaient pour marcher vers le sud-ouest.

Il laissa à Kyllion le temps d'arriver aux mêmes conclusions que lui.

– Un mouvement de grande amplitude, fit remarquer Syd. Possible qu'ils veuillent s'attaquer directement à la muraille.

Kyllion n'y croyait pas. Aucun commandant n'aurait osé engager ses troupes dans un défilé marqué d'un côté par les contreforts du Ponant et ses fusiliers, et de l'autre par la muraille ouest du castel et ses archers d'Alahan.

– Non, ils n'oseront pas, insista le commandeur, ils y engloutiraient leur armée avant d'avoir posé le pied sur nos remparts.

– Il est encore trop tôt mais nous devons avertir Ortho. Qu'il renforce le Ponant sans tarder.

Le mouvement amorcé par l'ennemi s'amplifiait sous leurs yeux.

— Le baron d'Orianth se tient prêt avec nos chevaliers, précisa le commandeur.

— Nos dragons aussi, répliqua Syd.

Les deux hommes se turent. L'ennemi avançait malgré le déluge de feu et, contre toute attente, commençait à s'engager dans le défilé.

— Je ne comprends pas, grommela Kyllion. Je n'aime pas ça.

Syd s'adressait déjà à l'un de ses messagers :

— Ortho doit venir ici. Immédiatement. Envoyez un construct.

Une demi-heure s'écoula avant que le légat impérial ne fasse son apparition. Des traces de poudre étaient visibles sur ses mains. Son visage d'ordinaire si pâle et si creusé avait rajeuni, sublimé par le massacre des damnés. Un mince sourire flottait sur ses lèvres. Il s'effaça lorsque ses yeux se posèrent sur le reflet de la citadelle.

— L'ordre était légitime, souffla-t-il entre ses lèvres fines. Vous aviez raison, Syd. J'ai donné l'ordre de renforcer le Ponant. Près de cinq cents fusiliers et le même nombre de conscrits y tiendront jusqu'à la mort.

Les trois hommes observèrent la lente et coûteuse progression ennemie. Par moments, un messager venait se glisser derrière eux pour murmurer un rapport précis de la situation telle que la vivaient les meneurs de chaque unité sur les remparts exposés. La tache noire avançait mètre par mètre au mépris des pertes, avec une écœurante obstination.

Un charnier s'élevait au pied de la Grise, face à la grande Porte des Audaces. Ses deux pans d'or et de fer, soutenus par la magie du Solaris, avaient disparu sous les cadavres ennemis. Leur amoncellement formait peu à peu de funestes monticules que l'ennemi escaladait pour atteindre les premières séries de meurtrières, à dix mètres de hauteur.

Syd suivit avec satisfaction le déploiement des templiers dans les entrailles du rempart, aux côtés des artilleurs et des fusiliers. Dans le labyrinthe de couloirs qui sillonnait la Grise, l'air était devenu irrespirable. L'eau jetée sur les fûts brûlants des canons se transformait en vapeurs chaudes que les meurtrières ne suffisaient pas à évacuer. Le teint cuivré par la chaleur, leur tunique poissée de sueur, les Griffons continuaient néanmoins de tirer à la lueur des traits de lumière qui barraient l'horizon. Plusieurs s'étaient éteints, neutralisés par la magie des Ténèbres, mais l'immense herse lumineuse s'esquissait encore au-dessus de la vallée.

Syd comprit que la bataille ne faisait que commencer en distinguant soudain une masse noire émergeant à la périphérie de la réplique et fondant sur la forteresse. Une nuée d'anges morbides s'était levée aux limites de la vallée pour longer, à pleine vitesse, les contreforts de l'ouest et attaquer les fortifications du Ponant.

Quelques salves instinctives tentèrent de freiner l'assaut venu du ciel, mais déjà, portées par les forces conjointes de la nécromancie et des vents primagiques, les créatures assaillaient les créneaux et le sommet des tours.

En simple armure de cuir, armés de leur seul fusil, les Griffons postés sur les chemins de ronde furent balayés avant que les conscrits ne puissent intervenir. Dans le castel, les visages des Lions se fermèrent à la vue des corps brisés qui dégringolaient le long des remparts et se fracassaient sur les rochers en contrebas.

Des combats héroïques s'engagèrent dans les méandres des fortifications où conscrits et fusiliers s'étaient retranchés pour combattre, épaule contre épaule, derrière des barricades improvisées. Un ordre de Syd fut remis aux chevaliers-dragons au moment même où cinq unités d'inquisiteurs arrivaient en renfort pour tenter de freiner l'avancée ennemie. Secondés par leurs écuyers, quatre chevaliers-dragons se hissèrent sur la selle cousue de fils d'argent de leur monture et levèrent leur lance pour marquer le signal du départ.

Galvanisés par la prière que des prêtres entonnaient d'une voix claire, fusiliers et conscrits tenaient bon, tandis que les inquisiteurs, la croix portée à la ceinture et l'armure de bataille scellée par les verrous du Solaris, entamaient la reconquête des secteurs perdus sous les ordres d'Eschelius le Fervent.

L'ancien mercenaire servait son dieu mieux que l'or dont il avait cru longtemps être le plus fidèle serviteur. Tourmenté par les démons d'une enfance misérable dans les bas-fonds d'Arcavia, l'homme avait accepté le pire pour assouvir ses fantasmes. Pris en chasse par des magistrats opiniâtres après le meurtre d'un jeune moine, il avait été arrêté et jugé par un tribunal inquisitorial. Trois ans de tortures avaient tracé le chemin de sa rédemption.

Sous son heaume de guerre, il cachait un visage défiguré par les pinces et les tisons de ses propres maîtres. L'homme ne se cachait pas pour autant. Orateur respecté, lecteur assidu des textes sacrés et redoutable guerrier, il offrait son amitié à tous ceux qui lui paraissaient dignes de Merin, le dieu unique.

Pour l'heure, ses plus fidèles compagnons venaient juste derrière lui, l'épée à la main. Les marches rougies de sang d'un escalier craquaient sous ses lourds solerets de métal. Entre ses mains gantées de maille, il tenait une épée gravée de symboles magiques.

La créature l'attendait, assise sur la dernière marche. Sa posture insolite incita Eschelius à la prudence, tout comme sa toge noire et l'ombre de son capuchon. Les Ténèbres suintaient à travers le tissu. L'inquisiteur fit signe à ses compagnons de rester en arrière.

Le prêtre, disciple d'Achéron, releva lentement la tête. Il était venu par le ciel, avec trente autres dévots d'Achéron, portés au creux des bras puissants des Molochs, démons abyssaux dissimulés au regard de Kaïber par la horde des anges morbides.

Le Mal imprégnait les traits effilés de son visage encadré de longs cheveux gris et filasse. Ses mains aux longs doigts noueux étaient posées à plat sur ses genoux.

Eschelius grimpa une marche et distingua l'arme du prêtre posée contre un mur, une faux de Salaüel au manche semé de roses noires.

— La mort marche à grands pas aujourd'hui, murmura le fossoyeur. Tu entends cette clameur ? Te réjouit-elle autant que moi ?

— Je me réjouis surtout à l'idée de te tuer pour rendre grâce à Dieu.

— Crois-tu que Merin sache pleurer, Griffon ?

— Non.

— J'aurais tant aimé que tu l'entendes sangloter sur votre défaite.

Sous son heaume de bataille, Eschelius sourit en distinguant l'imposante silhouette d'un démon se profiler derrière le nécromant. À Merin, aujourd'hui, il offrirait une victoire digne de son rang.

## Chapitre XII


Cyrael la Blafarde caressait avec douceur la joue creuse de Sarkhom, son plus fidèle serviteur. Penché vers elle, le Wolfen émit un grognement de plaisir. La main parcheminée de sa mère glissait sur les tendons à vif de sa puissante mâchoire et éveillait en lui un plaisir incomparable. Il ne vivait que par elle et ses doigts secs creusés par les Ténèbres. Elle seule pouvait faire taire la souffrance de ses muscles nécrosés, elle seule pouvait le convaincre de déambuler le long des sentiers des jardins de chair. Sous les voûtes sombres de la nécropole, elle l'obligeait à marcher à pas mesurés, à canaliser la rage qui gonflait sa poitrine putréfiée, à l'attendre en silence pour observer la pousse des rosiers de chair qu'elle taillait aux murmures des rituels.

Il mit un genou à terre et attendit que la vieillarde escalade avec des soupirs douloureux la pente de son dos. Avec des gestes calculés, elle écarta les pans de peau et les cautérisa du bout de l'index. La peau distendue de son dos formait un logement idéal pour la Blafarde. Tiède, confortable et sûr.

Sa fidèle Sirith, une canne en forme de racine, tapota le crâne du Wolfen. La créature se redressa et empoigna la faux à deux mains tendue par un zombie en armure.

Trente autres Wolfen zombies imitèrent Sarkhom pour former un cercle autour de Cyrael et attendre ses ordres. La nécromancienne, maîtresse des rituels de chair, leva sa canne pour donner le signal du départ. Les guerriers d'élite s'ébranlèrent et s'enfoncèrent dans les profondeurs de l'armée achéronienne.

Bercé par le pas lent de son serviteur, Cyrael laissait son esprit vagabonder. Elle appréciait la confiance que l'Ordre du Bélier plaçait en elle. Elle appréciait surtout que l'archevêque Feyd Mantis l'ait personnellement désignée pour accomplir cette mission. À l'origine, pourtant, l'idée ne l'avait pas convaincue. Sa vie au sein de la nécropole lazariane était une œuvre qu'elle construisait avec minutie, un art au service des Ténèbres. Elle manipulait la chair pour concevoir les meilleurs guerriers d'Achéron, elle les accouchait et les considérait tous, sans exception, comme ses enfants. Quitter la nécropole revenait à négliger son art, à interrompre ou annuler ses expériences. Elle avait néanmoins accepté la proposition de l'archevêque, séduite par le défi. Elle avait travaillé quatre ans, avec une patience infinie, et s'apprêtait enfin à donner la touche finale à son œuvre.

Le grondement des canons la tira de sa torpeur. Avec l'âge, et en dépit des soins attentifs qu'elle prodiguait à son propre corps, sa conscience s'engourdissait, usée par la magie et les efforts consentis sur l'autel des Ténèbres. Autour d'elle, les troupes se fendaient comme des vagues. Les Wolfen se frayaient un passage sans ménagements et tuaient ceux qui ne s'écartaient pas assez vite. La compagnie se rapprocha des remparts et obliqua vers les contreforts du Ponant.

L'escalade prit plus de temps qu'elle ne l'avait imaginé. Soucieuse de ne prendre aucun risque (elle craignait surtout l'attaque inopinée des dragons), elle avait insisté auprès de l'Ordre du Bélier pour entreprendre cette marche périlleuse à flanc de montagne.

Elle perdit Lakyniss, un Wolfen intrépide qu'une balle perdue avait entraîné dans une chute mortelle, mais parvint à se présenter comme convenu au pied d'une haute tour désertée par ses défenseurs. Derrière une poignée d'arbustes rabougris l'attendaient trois dévots qui la saluèrent en silence et lui montrèrent le passage pratiqué à travers la pierre.

— Merci, frères, murmura-t-elle.

Elle se retourna et ordonna à ses guerriers de s'engouffrer dans la brèche.

— En silence, mes enfants, répétait-elle à chacun tandis qu'ils se faufilaient à l'intérieur.

Dix minutes suffirent à la compagnie au complet pour infiltrer le Ponant. À l'intérieur des fortifications résonnait la fureur d'un combat séculaire entre Ténèbres et Lumière. Inquisiteurs et démons s'affrontaient partout, pour la conquête d'une salle de garde ou d'un simple dortoir. Des Molochs se répandaient dans les caves et les grottes pour y débusquer les conscrits retranchés.

La Blafarde s'était informée depuis longtemps sur les dangers qui risquaient de freiner sa route. Les dévots avaient pesé de tout leur poids pour repousser l'ennemi au-delà de son objectif et lui permettre de rallier l'unique puits du Ponant qu'elle avait si souvent emprunté étant jeune.

Seuls quelques vétérans auraient pu reconnaître Cyrael sous les traits de la Blafarde. Il ne restait rien de la jeune magicienne qui, trente ans plus tôt, s'était présentée avec un sourire timide à Kyllion l'Ancien.

L'eau était une préoccupation constante pour les commandeurs. Des bardes se relayaient nuit et jour dans l'immense labyrinthe des montagnes pour veiller sur les rivières souterraines et s'assurer que l'eau parvienne intacte et pure aux combattants de Kaïber. Ambitieuse, d'un naturel taciturne, Cyrael avait accompli sa tâche avec une témérité sans pareille, comblée par ses expéditions solitaires qui la menaient toujours plus loin dans les montagnes. Trop loin, aurait soufflé Kyllion qui avait longtemps regretté la perte de la jeune femme.

La vérité avait été découverte près de trois mois après sa disparition. Les bardes lancés à sa recherche avaient retrouvé sa trace dans une grotte où, sans doute assoiffée et trop faible pour discerner le danger, elle s'était abreuvée au mince filet d'une eau ténébreuse. La source impie avait été détruite, la grotte scellée à jamais, mais Cyrael, elle, avait survécu. Pervertie et acquise au Principe obscur, elle était devenue l'une des plus puissantes nécromanciennes d'Achéron.

Néanmoins, il lui avait fallu près de deux ans de recherches en compagnie des plus brillants archivistes achéroniens pour entrevoir une ligne de conduite. Elle avait mené ses ébauches sur des zombies et trouvé peu à peu la meilleure manière de façonner les corps pour les soustraire au regard de l'Arkäll. Chaque Wolfen qui marchait derrière elle avait nécessité plusieurs semaines d'un travail minutieux. Enchaînés et drogués pour supporter les mutations de leurs corps, ses enfants avaient presque tous résisté et échapperaient désormais à l'acuité de l'Arkäll.

La vieillarde ricana et défit le chignon qui emprisonnait ses longs cheveux gris.

– Avance, mon enfant, souffla-t-elle dans l'oreille de Sarkhom. Il me tarde de franchir la Porte des Justes.

Le dévot avait lui-même soulevé la grille attenante au puits pour laisser la Blafarde s'engager sur les premières marches d'un escalier vermoulu.

Appuyée sur sa canne, la vieillarde demeura un moment immobile, paralysée par l'enjeu. Elle incarnait l'espoir enfin palpable de voir Kaïber tomber. L'échec ne serait pas toléré. Si elle n'atteignait pas les quartiers cynwälls, elle ne reverrait jamais ses enfants qui grandissaient à l'abri des cercles noirs de la nécropole, elle ne goûterait plus au plaisir diffus de voir une peau glacée se tiédir sous le souffle des Ténèbres, elle ne sculpterait plus les muscles saillants des Wolfen, ni même les entrelacs de ses rosiers de chair. Seule la présence de ses plus beaux enfants réunis pour l'occasion lui donnait encore la force d'avancer.

Les boyaux devinrent de plus en plus étroits au fur et à mesure de leur descente. Cyrael se courbait sur sa canne, usée par le rythme d'une marche forcée, les os rendus douloureux par l'humidité. Ses rejetons avançaient en bon ordre, mais elle sentait leur nervosité. Ils supportaient de moins en moins les frottements imposés pour franchir des passages trop étroits, les gouttes d'une eau filtrée par la magie du Solaris qui perlaient de la voûte ou s'écoulaient en filets le long des parois. Elle gardait le silence pour ne pas les inquiéter. Elle s'était déjà perdue une fois, et prenait de plus en plus de temps pour choisir son chemin à la lumière de ses souvenirs.

Les Lions avaient modifié le tracé de certaines galeries et le temps jouait contre elle. Si elle persistait à rejoindre directement les quartiers cynwälls, elle risquait de tout perdre. Il fallait rejoindre la surface à la première occasion et, quel que soit l'endroit où ils déboucheraient, espérer que ses rejetons lui fraieraient un passage rapide vers son chef-d'œuvre.

Une précieuse opportunité ne se présenta que trois heures plus tard, dans une grotte circulaire où elle se rappelait avoir dormi au retour d'une expédition éprouvante. Cyrael avait reconnu cette alcôve naturelle où elle s'était blottie pour y reprendre des forces. Elle n'avait découvert le passage qu'à son réveil, derrière un affleurement rocheux qu'elle avait pris pour une impasse. Depuis, les Griffons avaient condamné l'escalier comme tous ceux que leurs ancêtres avaient aménagés durant la construction de la forteresse.

Elle s'agenouilla devant le mur et, prudente, en étudia le relief à la pointe de sa canne. Elle découvrit très vite les symboles au repos, des glyphes magiques gravés dans la pierre par les bardes d'Alahan, qu'elle avait su ouvrir et fermer du temps où le Solaris l'inspirait encore.

Pour vaincre l'enchantement, elle avait besoin d'aide. Ses doigts se logèrent fermement entre les torsades de Sirith. Sertie de gemmes noires, cette canne était une racine cristallisée, arrachée au cimetière d'un cercle de pierre d'Yllia. Dans les jardins de la nécropole, elle l'avait soignée pour retrouver et corrompre l'essence diffuse de valeureux guerriers. L'empreinte de leurs élixirs offrirait à la Blafarde les moyens d'amplifier les Ténèbres pour briser l'enchantement.

Le rituel manqua de la faire défaillir. Elle s'affaissa dans les bras de Sarkhom venu la soutenir et observa, entre ses paupières alourdies, les corolles de Ténèbres se détacher de Sirith pour se couler dans les fissures, tel un métal en fusion. Au contact du Solaris, la brume spectrale se solidifia et finit par masquer entièrement les symboles.

– Détruisez ce mur, ordonna Cyrael d'une voix faible.

Deux Wolfen entreprirent aussitôt de desceller les pierres une à une à l'aide de leurs faux et dégagèrent un passage suffisamment large pour faire passer leurs compagnons.

Soutenue par Sarkhom, la Blafarde se redressa pour faire face à la compagnie :

– Enfants de la chair, je vous ai sublimés, je vous ai révélés pour arriver jusqu'ici. Derrière ce mur, il faudra se battre et mourir. Ne vous attardez jamais. La surprise et la vitesse seront nos atouts. Je veux vous sentir autour de moi comme une tourmente invincible. Tuez, avancez et protégez-moi jusqu'au chef-d'œuvre.

Les rejetons acquiescèrent avec des gloussements gutturaux et, sous l'œil sévère de leur mère, s'élancèrent vers la surface.

## Chapitre XIII

Syd gardait les yeux fixés sur la réplique scintillante des fortifications du Ponant. Quelques minutes auparavant, un rapport alarmant y signalait la présence des dévots de Salaüel. Appuyé par Kyllion, il venait de contraindre Ortho à rester à leurs côtés malgré l'insistance du légat pour prêter main-forte aux inquisiteurs.

— Les dragons suffiront, certifia Syd. L'ennemi nous disperse. Il joue avec nous, il brouille les cartes. Nous avons besoin de vous ici, Ortho.

Il s'interrompit un bref instant pour suivre le ballet aérien des quatre dragons dépêchés vers les contreforts. Les étincelles dansaient au-dessus des tours et repoussaient les anges morbides qui s'élevaient à leur rencontre.

— Des troupes régulières ont pénétré la Grise, avertit un messager.

— Des éléments isolés, les rassura Ortho. Il fallait s'y attendre. Mes conscrits vont les traquer. Des chasseurs de ténèbres sont en chemin pour leur apporter de l'aide.

Syd embrassa la bataille d'un regard. La masse compacte des troupes régulières qui pressait contre la muraille, le Ponant menacé… La stratégie de l'ennemi lui échappait toujours. Il se tourna vers les deux commandeurs :

— Kyllion, votre avis ?

— Ils tâtonnent comme s'ils cherchaient une faille, ils testent notre résistance. Nous avons des raisons de nous inquiéter s'ils parviennent à maintenir la pression. J'ai le sentiment, mais c'est encore flou, qu'ils veulent passer coûte que coûte à cet endroit. Pourquoi ? Je l'ignore.

— La muraille tiendra ? demanda Syd en s'adressant à Ortho.

— Aucun doute.

— Méfiez-vous. Le Ponant ne peut plus appuyer les archers du castel. L'ennemi s'organise juste devant nous, là, à nos pieds. Je suggère d'utiliser les chevaliers du Lion sans tarder. Qu'ils sortent par la porte est, contournent le castel et chargent l'ennemi sur son flanc droit.

Kyllion grimaça et réfléchit un moment, les bras croisés sur la poitrine, avant de prendre la parole :

— Je partage votre inquiétude, mais il est trop tôt. Bien trop tôt pour jouer une carte aussi décisive. Vous le disiez mieux que moi. Nous ne savons pas ce que nous allons trouver.

— S'il y a quelque chose à trouver… grommela Ortho. Je n'appuie pas non plus votre proposition, Syd.

Ce dernier ne l'écoutait plus, les yeux fixés sur la Porte des Audaces. Distrait par la discussion, il n'avait pas vu le ruban plus sombre et plus épais se former rapidement au milieu des troupes. Quelques instants plus tard, un rapport vint confirmer ses craintes : des soldats d'élite se rassemblaient devant la Grise. Dans les gradins, les meneurs ne contrôlaient plus l'afflux des messages contradictoires et se perdaient en conjectures.

L'éclat de la réplique vacilla une fois, puis deux.

Kyllion le Jeune s'était levé, les traits durcis. La porte principale de la Salle des plans s'ouvrit soudain en grand. Sur le seuil se tenait un templier, l'armure éclaboussée du sang noir des damnés. Des marques de griffures rayaient en profondeur son bouclier. Son casque était fendu en partie à la tempe droite et son épée brisée.

Le pas chancelant, il buta contre les magistrats du Griffon venus s'interposer. Deux d'entre eux le tinrent en joue avant que le légat impérial n'intervienne pour qu'on le laisse passer.

Le templier se porta à sa hauteur, mit un genou à terre et retira son heaume. Sous son visage ensanglanté se lisait une sincère détresse.

— Légat impérial, j'ai failli, confessa-t-il. Ils ont pénétré la Grise. Ils risquent de se répandre dans nos murs.

— Tu auras failli si tu meurs, dit Ortho en posant une main ferme sur son crâne. Relève-toi et parle.

— Un assaut concentré. Au sommet d'une colline d'ossements. Protégé par une magie… inconcevable.

— Merin, seul, est inconcevable. Dis-moi qui je dois combattre.

— Des goules, par centaines. Menées par les paladins noirs. Des nécromants de la Maison d'Hestia ont appuyé l'assaut et ouvert une brèche par le feu.

Un silence accueillit cette déclaration.

— La faille est en hauteur, constata Syd. Il faudrait à cette armée des semaines pour la franchir. Ils utilisent des unités d'élite, ils sèment le chaos, mais ils ne peuvent l'exploiter pour investir Kaïber.

— Ils mènent une autre guerre, souffla Kyllion d'une voix lointaine. Leurs troupes ne sont qu'un immense bouclier pour protéger l'élite jusqu'aux remparts afin qu'elle s'infiltre dans nos lignes.

– Un fleuve. Il faut les voir comme un fleuve. Et le briser. Établir un barrage, empêcher cette élite d'avancer à couvert.

– Je ne reviendrai pas sur ma décision. Une sortie de nos chevaliers serait prématurée.

– Alors je déploie mes Échaïms.

Syd songeait depuis longtemps à employer avec moins de scrupules ces unités hélianthes placées sous la responsabilité du Premier tribunal. Bras et jambes prolongés par des constructs en forme de longues échasses de combat, ces guerriers se déplaçaient comme des araignées au-dessus du champ de bataille. Le Guide avait accepté de confier aux défenseurs de Kaïber les célèbres unités de Lys Mendkenn, une jeune femme dont la légende s'était forgée sous le soleil brûlant de Syharhalna. Confiée par les siens à la commanderie du temple de l'Est en vertu des accords qui liaient Griffons et Cynwälls au sein de l'Alliance, elle avait été contrainte, au cours d'une embuscade, de couper ses propres jambes prisonnières des mâchoires d'un tigre rouge. Rapatriée à Laroq entre la vie et la mort, elle avait été sauvée par les hélianthes et était parvenue à surmonter le traumatisme pour intégrer l'élite échaïme. Six ans plus tard, au soir de son trente-deuxième anniversaire, Lys Mendkenn prenait le commandement de ses propres unités avant de rejoindre Kaïber l'année suivante.

Plus jeune, tout comme il avait rêvé de l'Arkäll étant enfant, Syd avait joué des coudes parmi les autres adolescents pour se précipiter sur le pont d'Issym et observer Lys Mendkenn à l'entraînement. Tous rêvaient de ces longs cheveux d'or et de ces yeux olive qui regardaient le monde avec compassion.

La nouvelle larme qui glissait sur la joue de l'Arkäll fit taire ses derniers scrupules.


L'ennemi ouvrit une brèche dans le castel aux premières heures du jour. De nouvelles vagues de zombies et de squelettes s'avancèrent sur les milliers de cadavres qui gisaient contre la pierre noircie du rempart ouest pour se répandre dans les vastes cours intérieures de la citadelle avancée.

Solidement campés sur leurs positions et tenus jusqu'ici à l'écart des combats, les lanciers d'Alahan parvinrent à endiguer le fléau au son des cithares et des cors. Les bardes enchantaient leurs compagnons engagés en première ligne et contraient les accords dissonants des mélopées maudites. L'ennemi se jetait sur les lances sans discernement. Des zombies saisissaient l'arme qui leur transperçait la poitrine et, à la seule force de leurs mains, remontaient le long de la hampe pour lacérer le visage de leur bourreau.

Entre les lignes franches des lanciers venaient des paladins aux armures étincelantes dont les épées sacrées fauchaient sans discontinuer les faces déformées des zombies et achevaient les squelettes qui se traînaient sur des pavés gorgés de sang. Ils insufflaient courage et volonté aux troupes et menaient de violentes contre-attaques pour freiner l'avancée ennemie.

Escortées de spectres, des silhouettes capuchonnées déchaînaient un feu continu de flammes rampantes qui s'entortillaient autour des combattants pour fondre leurs armures et les transformer en torches vivantes. De maigres démons cornus aux bras longs et déformés se propulsaient en bonds grotesques au milieu des défenseurs pour y semer la mort. Des Alysiarches à la peau diaphane, prêtres de la folie, se faufilaient en ombres furtives pour jeter la confusion et broyer l'esprit des vétérans dans la poigne invisible de leurs cauchemars. Des gardes à l'agonie hurlaient qu'on les achève avant de sentir la gangue des Ténèbres se refermer autour de leur cœur. Ils avaient assisté, comme tant d'autres, à la marche engourdie de leurs vieux compagnons que les nécromants relevaient d'entre les morts pour grossir les rangs de leurs unités.

Aux côtés des Lions s'illustraient des constructs de guerre, commandés depuis le sommet des tours par des magiciens en transe. Leur volonté s'imprimait à travers des ondes de lumière renforcées par l'influence de la primagie. Elle guidait de grandes sphères ouvragées, semées d'écrous aux reflets d'améthystes, qui lévitaient au-dessus des chemins de ronde et déployaient de lourds fléaux de plomb ainsi que des insectes mécaniques, semblable à de grandes libellules, dont les ailes lumineuses tranchaient les fils invisibles tendus par les nécromants pour contrôler leurs troupes.

Des guerriers hélianthes relayaient l'empreinte des magiciens. Des Synchronimes vêtus de lourdes armures du temps, le poitrail frappé d'une horloge à gemme de lumière, combattaient dans une simultanéité parfaite. Des Équanimes se joignaient à eux avec une témérité folle et s'immobilisaient au milieu des combats pour écouter la terre et ressentir l'antique écho des dieux qui avaient foulé Aarklash. Ils n'en adoraient aucun mais ils les entendaient tous, capables de percevoir et d'utiliser cette résonance de la terre qui conservait la mémoire des foulées divines. Une force antique investissait leurs corps noueux et transformait leurs mains en armes mortelles, capables de déchirer l'acier et de cueillir sous l'armure le cœur de leurs ennemis.

De part et d'autre du rempart ouest du castel se déroulaient des combats d'une telle violence que le ciel s'assombrissait à vue d'œil, zébré d'éclairs sporadiques. Plus loin, derrière les murs épais de la Grise, se disputait une autre bataille dont l'enjeu préoccupait les trois commandeurs de Kaïber dressés autour de l'Arkäll.

Loyaux serviteurs d'un Code noir qui élevait l'essence même de la guerre au rang d'une cause, les paladins noirs se heurtaient de plein fouet aux templiers du légat impérial. Ces humains pervertis portaient une armure de plate couleur de cendre, trempée dans les eaux troubles des jardins lazarians et scellée à jamais sur leurs corps rongés par les drogues et les rituels de chair. Le sommeil ou la faim n'avaient plus de prise sur eux. Ils oscillaient à une frontière intangible entre vie et mort, tout juste capables de préserver leur conscience pour y puiser le pire. Le mal s'était épanoui comme une fleur de jais sur le terreau de leurs perversions qui n'avait jamais cessé de grandir, nourrie aux suppliques de leurs victimes et aux attentions renouvelées de Feyd Mantis. L'archevêque aimait cette élite fidèle à un code d'honneur corrompu. À elle revenait aujourd'hui le devoir d'affronter les templiers dans les entrailles de la Grise.

Abrités derrière de longs boucliers octogonaux, ils investirent les coursives pour ouvrir la route aux goules et aux nécromants. Ils avançaient en rangs serrés, enveloppés de volutes de vapeur brûlante, précédés par le sifflement des balles qui claquaient sans effet sur leurs plaques d'armure. Les Griffons reculaient, malgré les efforts désespérés des vétérans pour rallier conscrits et fusiliers désemparés. En dépit d'une mort certaine, des artilleurs tournaient les canons sur leur pivot pour tirer à bout portant sur les hordes de goules qui se ruaient sur leurs positions. D'autres se jetaient au milieu des assaillants et se sacrifiaient, la poitrine ceinturée de poudre.

Dans la Salle des plans, les visages blêmirent au son clair des explosions qui ébranlaient l'antique muraille. Syd voyait distinctement les vives étincelles des templiers converger vers l'ennemi. Kyllion avait raison : Achéron utilisait ses troupes pour encaisser les terribles dommages causés par le feu conjoint des Griffons et des Lions, et couvrir l'approche de ses unités d'élite. Aux paladins noirs se joignaient des nains dégénérés et des démons invoqués dans des corolles de vapeurs méphitiques.

Dans les coursives et le dédale des escaliers, le combat était devenu une mêlée confuse et acharnée. Ortho refusa d'attendre plus longtemps et obtint l'aval des deux autres commandeurs pour rejoindre ses hommes avec sa garde prétorienne

Dans les contreforts du Ponant, le combat tournait peu à peu à l'avantage de l'ennemi qui désertait les créneaux assaillis par les dragons pour s'enfoncer dans les profondeurs des fortifications et harceler les inquisiteurs. Blessé à six reprises, Eschelius le Fervent menait une résistance héroïque pour empêcher les démons de franchir les limites du contrefort. Il avait rallié les survivants du Ponant et exécuté, pour l'exemple, une poignée de fusiliers en déroute. Il avait replié ses troupes, trente-trois inquisiteurs, une centaine de conscrits et le double de fusiliers, vers le bastion rouge, une position de réserve encastrée pour moitié dans le flanc de la montagne.

Eschelius fit transporter les blessés à l'extérieur. Des hommes et des femmes meurtris s'entassèrent le long des chemins de ronde, sous une pluie glacée, protégés par les dragons qui tournoyaient au-dessus de leurs têtes. À l'intérieur, le Fervent forma rapidement de petites unités commandées par ses lieutenants et dressa des barrages réguliers derrière les portes des trois principaux passages qui traversaient le bastion pour mener directement aux grottes reliant les contreforts à la muraille. Râteliers, commodes, paillasses et tout ce que les soldats pouvaient trouver s'entassèrent pour former des barricades de fortune dans les couloirs saturés par l'odeur du sang et de la putréfaction. La torche levée, Eschelius inspecta leurs positions et fit renvoyer ceux qui ne pouvaient affronter son regard. Pour se dresser face aux cohortes hérétiques de Salaüel, il exigeait des âmes pures et aguerries, des soldats prêts à communier dans la mort au nom du dieu unique.

Exaltés par les imprécations de leurs maîtres, les démons se jetèrent à l'assaut des barricades avec une rage meurtrière. Les balles en fauchèrent certains avant même qu'ils ne parviennent au corps à corps, mais il en venait d'autres que les salves des fusiliers ne pouvaient arrêter, des Molochs rendus fous par leurs blessures, ivres des Ténèbres qui irriguaient leurs cerveaux atrophiés. Derrière leurs boucliers de guerre, les conscrits se battirent jusqu'au bout, appuyés par le feu continu de leurs frères fusiliers et les cantiques des inquisiteurs.

Syd se renfonça dans son fauteuil et accepta le verre d'eau tendu par un disciple. L'intensité des combats sollicitait son attention depuis trop longtemps. Il ferma les yeux pour oublier, pendant quelques secondes, l'éclat fantasmatique des étincelles et but, à petites gorgées, l'eau claire des montagnes.

Au fil des heures, il avait décelé les signes d'une étrange complicité avec l'Arkäll. Elle s'était imposée dans les plis de sa conscience avec douceur, sans que l'un ou l'autre aient envie d'interrompre le phénomène. Il ne s'agissait plus seulement d'empathie, mais d'un lien profond et spirituel qu'il n'avait jamais ressenti auparavant. L'Échyrion jouait le rôle de catalyseur et tendait une passerelle entre les deux rives d'un même monde, entre le Cynwäll et le Sphinx. L'esprit logé dans le granit lui accordait sa confiance et lui confiait ses doutes. Il décelait en Syd une force ambiguë, une énergie étrange et lointaine. L'elfe avait perçu l'avertissement de manière confuse, comme une vibration étouffée.

Il revint à la réplique de Kaïber. Sa compréhension du champ de bataille était devenue plus intuitive, moins formelle. Son analyse ne se cantonnait plus au seul registre de l'intelligence. Désormais, il pouvait distinguer, derrière chaque mouvement de l'ennemi, un avenir différent. À la périphérie de sa conscience affluaient des images confuses d'une forteresse rongée par les flammes et d'autres, bien plus rares, où les défenseurs de Kaïber fêtaient leur victoire sous un ciel apaisé.

Dans la muraille, les paladins noirs n'avaient pu poursuivre leur avance. Sa croix de Merin brandie comme un étendard, Ortho s'était porté à leur rencontre avec la garde prétorienne et le soutien des templiers. Dans les quartiers griffons, sur les bancs de l'immense cathédrale où s'entassaient les derniers blessés, le nom du légat impérial se murmurait déjà comme une légende.

En dépit de son intervention, les Lions comprirent rapidement que les positions tenues par les chevaliers maudits menaçaient la citadelle avancée. Des goules s'infiltraient à la jonction entre la Grise et le rempart ouest du castel pour prendre les défenseurs à revers.

L'étau se resserrait. Harcelés dans leurs retranchements, les Lions ne pouvaient lutter sur deux fronts à la fois. Un flot intarissable de morts vivants se déversait toujours par la brèche ouverte une heure plus tôt et harcelait paladins et lanciers regroupés dans les cours intérieures.

Les combattants ne pouvaient même plus apercevoir le pavement d'origine sous les cadavres ennemis. Semblable à des sables mouvants, le charnier obligeait les Lions à s'arc-bouter sur leurs lances ou leurs épées pour ne pas disparaître dans le magma putride. Sans cesse, il leur fallait trancher les bras décharnés des damnés qui crochaient leurs chevilles pour les tirer vers le fond.

Les goules mirent fin aux espoirs des paladins d'Alahan qui avaient imaginé repousser l'ennemi derrière la brèche. Elles se répandirent à l'arrière du castel malgré le tir soutenu des archers et brisèrent la ligne de défense au moment même où la Porte des Audaces, à l'est, glissait sur ses gonds devant les Échaïms.


Hissée sur ses échasses, Lys Mendkenn portait une armure légère en airain sur une tunique sombre. Sur son visage luisait un masque de céramique en camaïeu de rouge, encadré de larges boucles blondes qui accrochaient la lumière ténue des braseros.

Elle vérifia une dernière fois les verrous apposés sur les constructs qui reliaient son corps aux fines tiges de combat. Fixés aux moignons de ses cuisses, les mécanismes conçus sur mesure par des artisans et des maîtres chronosiarches fonctionnaient à merveille. En surface, de fines plaques d'ardoise coulissaient les unes dans les autres pour suivre le mouvement imposé à ses jambes et assurer une parfaite coordination de l'ensemble.

Lys Mendkenn ne vivait qu'à travers ses échasses de bataille. Extension de sa détermination et reflet du courage qu'elle mettait en toute chose, elle était parvenue au prix de terribles efforts à faire oublier son handicap et à marquer durablement le corps d'élite des Échaïms. Sous sa férule, les méthodes de combat s'étaient perfectionnées et modernisées, des écoles avaient vu le jour et inspiré de plus en plus de jeunes elfes fascinés par son art, sa beauté et ses discours passionnés dans les amphithéâtres de la prestigieuse université de Wyde.

Les deux immenses battants de la porte s'ouvrirent devant elle. Une bouffée d'air vicié la frappa au visage et fit frémir ses longs cils dorés. Elle dégaina les lames jumelles de Tamdeelith et les croisa pour marquer le départ de la colonne. La troupe s'ébranla sous le regard encourageant des magiciens qui baissèrent le masque en signe de respect avant de tracer, dans la pénombre, les glyphes défensifs qui scelleraient le passage derrière eux.

Les Cynwälls se déployèrent en ordre parfait et adoptèrent rapidement la forme d'un triangle mené, en pointe, par Lys Mendkenn et les Hautes Gardiennes qui composaient sa garde personnelle. Aucun des zombies qui erraient à l'est de Kaïber, oubliés ou séparés de leurs maîtres nécromants, ne put échapper à ces elfes majestueux qui avançaient à la vitesse d'un cheval au galop. Propulsés par leurs échasses, ils progressaient à pas de géants sur le chemin ouvert par les épées longues de leur commandant.

Lys Mendkenn avait pour mission de fondre sur le flanc droit de l'ennemi, d'accomplir une percée fulgurante en suivant les contours de la citadelle avancée et d'opérer la jonction avec les Lions à l'endroit même où l'ennemi avait ouvert une brèche dans le rempart du castel. « Semer la confusion » : tel était le mot d'ordre rapporté par le disciple équanime à qui Syd avait dicté son message. Elle devait obliger l'ennemi à se défendre pour briser la vague continue des renforts qui coulait par la brèche.

La surprise fut totale. La présence renforcée des guerriers-crânes et des nécromants ne put empêcher les Cynwälls de perforer les rangs compacts de zombies et de squelettes. À grandes enjambées, Lys Mendkenn s'enfonça dans la marée grouillante sans un regard derrière elle. Ses compagnons devaient suivre ou mourir. Et la plupart suivirent, creusant leur sillon avec un sang-froid exceptionnel, formés depuis longtemps à se battre et à évoluer sans crainte sur leurs échasses de bataille, capables de choisir, en une fraction de seconde, la meilleure trajectoire possible pour avancer quelques mètres de plus et se dérober aux mains hargneuses qui tentaient de les agripper.

Aux créneaux du castel, des archers d'Alahan suivirent, incrédules, la marche aérienne et fluide des Échaïms. Des larmes leur venaient aux yeux lorsque, soudain, l'un d'entre eux se laissait piéger et basculait dans le vide sous le poids des zombies accrochés à ses échasses.

Lorsque Lys Mendkenn parvint à hauteur de la brèche, près de trente des siens étaient tombés. La lance d'un squelette l'avait blessée à l'épaule gauche, une autre avait raclé sur les plaques d'airain de sa poitrine et écorché son sein droit. C'était une douleur négligeable comparée à celle qui avait jailli entre les mâchoires du tigre rouge. Elle raffermit sa prise sur la garde des Tamdeeliths et se lança à l'assaut de la brèche.

Les Échaïms arrivaient trop tard.

Elle l'admit avec une rage froide en découvrant la mêlée indescriptible qui se déroulait au cœur de la citadelle avancée. Ses yeux s'étrécirent, son souffle se stabilisa. Entourée par six Hautes Gardiennes, elle renonça à attendre des ordres qui ne viendraient plus et se jeta à corps perdu dans la bataille.

# Chapitre XIV

Les sept Cynwälls voulaient passer inaperçus et empruntaient de vieux passages poussiéreux oubliés par la plupart des guerriers de Kaïber. Ils avaient suivi une série d'escaliers branlants qui longeaient les failles du quartier du Lion et emprunté des passages dérobés pour franchir, sans être remarqués, la frontière entre ce secteur et celui des Cynwälls.

Une large houppelande bleue nuit passée sur ses épaules, Kyrô pressait le pas sans un regard pour les six chevaliers-dragons qui le suivaient. Shashem, sa vieille épée aux reflets saphir, cognait contre sa cuisse. Il n'avait plus le temps de s'interroger sur la légitimité de sa démarche. Il se savait perdu aux yeux des siens. Par fidélité et respect pour leur commandeur, ses compagnons avaient accepté, depuis longtemps, d'enfreindre les règles fondamentales de l'Alliance et leur serment fait à la Lumière.

Une porte franchie les mena dans une courette cerclée de quatre tours-dragons. À la lueur des brasiers, le ciel prenait une teinte rougeâtre qui se reflétait sur les pavés humides. Kyrô ordonna à ses frères d'armes de se dissimuler dans les angles et s'approcha, seul, d'une tour scellée onze ans plus tôt à la mort de son défenseur, le dragon Ferym Maloth.

Il n'avait jamais touché aux glyphes apposés sur les portes et fenêtres de peur de donner l'alerte et d'être repéré par l'Arkäll. Pour entrer, il s'agenouilla et posa ses deux mains, à plat, sur la pierre usée. Les yeux fermés, son esprit se focalisa sur l'empreinte invisible de Ferym Maloth et ses reflets dispersés autour de sa dernière demeure. Seul un Cynwäll pouvait révéler les traces infimes d'un mana d'un autre âge, ces marques tout juste esquissées qui témoignaient de la puissance du défunt. Sous ses mains blanchies par l'effort rayonnaient des filaments de lumière qui dessinèrent peu à peu une toile d'araignée à la surface du mur. Les reflets (Kyrô en compta au moins trois) se laissèrent piéger sans résistance. Trois souvenirs résiduels qui se condensèrent en brume mordorée et convergèrent vers les paumes du Cynwäll. L'ancien commandeur contracta ses muscles et sentit un frisson glacé courir le long de sa colonne vertébrale lorsque la brume se glissa entre ses doigts pour établir le contact.

La douleur, toujours la même, le submergea avec une violence inouïe. Pendant quelques secondes, son esprit devait se plier aux souvenirs écartelés du dragon. Les réminiscences cognaient à l'intérieur de son crâne comme des bêtes sauvages prises dans le filet d'un chasseur. Il s'écroula sur le sol, tétanisé, les bras repliés contre la poitrine.

Sa conscience refit lentement surface. Les exercices mentaux enseignés par les maîtres équanimes lui permettaient d'agir sans effrayer les souvenirs de Ferym Maloth. Il devait les garder intacts afin qu'ils puissent lui ouvrir la tour. Au contact des pensées intimes du dragon, il éprouvait une sensation vertigineuse, proche de l'extase.

Il devint Ferym Maloth. Il vit, par ses pupilles translucides, le ciel de Kaïber voilé par les écharpes opalines de la primagie, il ressentit dans ses entrailles la morsure du feu dont les flammes couleur d'azur remontaient en bile brûlante jusqu'à sa bouche, il goûta avec dégoût à la chair corrompue d'un zombie, il entendit craquer les os d'un charognard broyé entre ses mâchoires, mais aussi la voix apaisante d'une dame-dragon dont les caresses flattaient ses flancs écailleux.

Il revint à la réalité au contact des bras solides de son vieil ami Selhune. Le chevalier-dragon le soutenait par les épaules et observait, du coin de l'œil, la pierre se rétracter. Habitée par l'âme du dragon, elle s'ouvrit et libéra bientôt un passage suffisant pour se glisser à l'intérieur.

Kyrô refusa l'aide de Selhune pour se redresser. Les jambes flageolantes, il s'appuya sur son épée pour boiter jusqu'à la brèche et tendre l'oreille. Le silence était total. Avant d'entrer, il adressa une prière silencieuse à celle qui s'était laissée mourir contre le corps défunt de son dragon. Elle avait refusé de vivre sans Ferym Maloth et s'était éteinte à son côté en scellant à jamais les portes de la tour. Nul autre qu'elle n'aurait pu lever les enchantements qui protégeaient le tombeau. Kyrô avait utilisé la seule clé qui pouvait les contourner en connaissance de cause. Il était l'unique Cynwäll de Kaïber à avoir la force de dominer les reflets fossilisés d'un dragon.

Une odeur rance flottait dans le salon qu'ils venaient d'investir. Ils se regroupèrent au-dessus d'une trappe de bois sombre et l'ouvrirent sous le regard impassible de Kyrô. L'elfe hocha la tête et fit signe à ses hommes de reculer après avoir reçu, des mains de Selhune, un broc d'eau et une épaisse couverture de laine. Les chevaliers-dragons s'écartèrent pour laisser leur maître s'engager dans l'escalier et refermèrent la trappe derrière lui.

Muni d'une lanterne capuchonnée, Kyrô descendit les marches creusées dans la roche, suivit un long couloir et s'immobilisa devant une lourde porte en chêne renforcée par des poutres métalliques. Il se saisit d'une clé en pendentif qu'il cachait sous sa tunique et l'introduisit avec précaution dans la serrure.

La porte s'ouvrit en soulevant de petites particules dorées. Une bouffée fétide le frappa au visage et le retint, un moment, sur le seuil. À présent, il percevait le souffle de la créature, ce râle continu qui s'échappait de sa gorge en décomposition.

Il entra, le souffle court, et souleva sa lanterne de manière à éclairer les quatre coins de la cellule.

Melehän, son fils, gisait près de la porte, vautré sur le sol en position fœtale.

Les Ténèbres avaient encore avancé malgré les rituels de purification. Sur ses jambes fines, la peau se détachait en lambeaux. Des crevasses marquaient l'intérieur de ses cuisses et le contour de ses genoux. Ses pieds, boursouflés et infectés par une nécrose avancée, ressemblaient à des fruits pourris. Le mal se répandait depuis la poitrine. Entre ses deux mamelons, les lèvres de la plaie ouverte par l'épée du guerrier-crâne n'avaient jamais cicatrisé. La blessure s'était prolongée en un sillon purulent le long du flanc gauche pour rejoindre l'entaille de la faux qui l'avait écorché sur toute la longueur du dos. Sur les bras, les lésions étaient moins profondes mais tout aussi malignes. Les mains, en revanche, avaient été épargnées. Les doigts fins et diaphanes offraient un contraste saisissant avec le reste du corps.

Appuyé sur les coudes, Melehän gémit et tenta de relever sa tête prisonnière d'une chaîne fixée au mur. Kyrô s'accroupit, la saisit entre ses mains et la souleva délicatement.

Le fils ressemblait tant à sa mère. Sous la marque infamante des Ténèbres, Kyrô pouvait encore discerner les traits ciselés de son épouse et surtout ce même regard, couleur d'automne, qui le fixait avec une intensité désespérée. Dans la pupille ocreuse et dilatée par la souffrance, il avait lu l'amour, la haine et, trop souvent, la supplique d'une mort rapide.

Kyrô déposa un baiser sur le front crevassé de son fils et le soutint jusqu'à son lit. Il arracha draps et couvertures souillés d'excréments et de vomissures et déposa le corps supplicié sur le matelas de paille. Il utilisa sa clé pour déverrouiller le collier fixé à son cou, écarta la chaîne et s'employa à laver son fils à l'aide d'un linge mouillé. Ses gestes tendres éveillèrent une lueur fragile dans les yeux marbrés de douleur. La bouche s'ouvrit et se referma sur un son faible et mouillé. Kyrô sourit et laissa perler quelques gouttes d'eau entre les lèvres purulentes.

– Patience, fils.

Les soins qu'il prodiguait agissaient en profondeur. Le linge, brodé et enchanté par les tisserands hélianthes, conférait à l'eau des vertus purificatrices. Il vit le visage de son fils se détendre. Ses mains crispées perdirent peu à peu leur rigidité et s'ouvrirent en grand. Ses jambes, raides et agitées de spasmes, s'apaisèrent et fléchirent comme celles d'un dormeur.

Sa poitrine se soulevait désormais à intervalles réguliers. Le cœur battait faiblement, au rythme de la

Lumière qui tiendrait un moment les Ténèbres à l'écart.

– Je t'aime, fils, murmura Kyrô.

Sa voix s'étrangla. Il ne supportait plus de voir ce que le Principe obscur faisait à son corps, la manière dont il l'avait broyé pour faire en sorte qu'un fils soit obligé de supplier son père de l'achever. Plusieurs fois déjà, le fil tranchant de Shashem avait hésité au-dessus du cou frêle de Melehän. D'un geste, il pouvait arracher son fils à cette torture quotidienne, à ce calvaire qui durait depuis bientôt deux ans.

Seulement, personne n'aurait pu le forcer à tuer son fils une seconde fois. Alors que Syd franchissait la Porte des Justes pour ne plus revenir, il avait convaincu ses plus fidèles lieutenants de le suivre dans une série d'expéditions au-delà des remparts. Chaque nuit ou presque, il avait quitté Kaïber par une poterne des contreforts du Levant, Shashem sanglée dans son dos, pour sillonner le vallon maudit à la recherche de son fils. Les semaines puis les mois écoulés n'avaient jamais altéré cette résolution inébranlable prise au lendemain du drame. Sa quête était devenue une obsession, un fil ténu qui le maintenait en vie et l'empêchait de céder au désespoir. Pendant près de deux ans, il avait sillonné la vallée en prenant des risques insensés, en usant d'innombrables artifices pour dissimuler ses absences répétées auprès des siens.

Il avait retrouvé son fils deux ans plus tard, dans les ruines de l'Ancienne Muraille, vêtu de haillons et rongé par la folie. Il s'était caché là, dans une crypte abandonnée, préservé de la faim et de la soif par les Ténèbres qui rongeaient son âme. Toutefois, le poison n'avait pas achevé son œuvre. Melehän n'était pas devenu un mort vivant. Il subsistait en lui un petit bout d'âme, une flammèche de Lumière qui persuada son père d'entreprendre l'impossible pour le sauver.

Kyrô s'était entêté malgré les avertissements de ses lieutenants. L'amour et le remords le rendaient sourd à leurs arguments. Il voulait bien admettre, lui, que son fils ait pu survivre ainsi, sans l'aide de quiconque, qu'il ait échappé des mois durant aux patrouilles des faucheurs et aux spectres qui rôdaient dans l'Ancienne Muraille.

Dès lors, il avait consacré chaque seconde de sa vie à rechercher, dans les arcanes de la magie, les sortilèges susceptibles d'éradiquer la gangrène ténébreuse. Dévoré par sa quête, il avait négligé et finalement rompu la relation passionnée qu'il entretenait avec son amante. Il avait néanmoins laissé courir la rumeur afin de détourner les soupçons. Cette jeune servante pour qui il avait failli quitter Kaïber et refaire sa vie loin de l'Alliance, loin de la guerre et de la mort, servait ses projets voués au secret. Il vivait la nuit, à l'éclat des bougies frontales, penché sur les grimoires que ses chevaliers-dragons allaient quérir pour lui dans le dédale des bibliothèques de la citadelle. Il n'avait jamais renoncé malgré le poids écrasant du remords, les doutes, les échecs et les témoignages qui prouvaient qu'aucun corps ne pouvait résister aux lames maudites des guerriers-crânes. Il s'était consumé dans le travail et la magie, il avait menti aux siens, il avait négligé des responsabilités qui ne l'inspiraient plus. Sa vie était suspendue à celle de cette créature qui, parfois, le reconnaissait et murmurait son nom avec un regard vitreux.

Indisposé malgré lui par la puanteur qui régnait dans la geôle, il se leva pour entrouvrir la porte et allumer les bâtonnets d'encens qu'il avait pris soin d'amener avec lui. Il regrettait de ne pas pouvoir abriter son fils dans un lieu moins austère que ce cachot sordide, mais c'était seulement ici, à la verticale de la tour, qu'il pouvait espérer le dissimuler sans craindre le regard de la Salle des plans. Les reliques de Ferym Maloth et les glyphes de la dame-dragon perturbaient suffisamment l'aura de l'Arkäll pour masquer la présence des Ténèbres.

Les paupières de Melehän tressaillirent. Sa main s'agita et se leva, tremblante, vers l'épaule de son père. Kyrô amorça un sourire et la repoussa doucement.

– Reste tranquille, fils. Il va falloir que tu sois courageux. Nous allons partir.

Depuis plusieurs semaines, il guettait l'assaut achéronien pour profiter de la confusion et faire sortir son fils de la citadelle sans attirer l'attention. L'avenir, tel qu'il se présentait, ne lui offrait aucune chance de poursuivre ses recherches. Privé de ses prérogatives de commandeur, cantonné dans les quartiers du Lion et intimement persuadé que les connaissances disponibles dans les bibliothèques de Kaïber avaient montré leurs limites, il était résolu à tout abandonner et fuir avec Melehän pour vivre dans la clandestinité et marcher vers l'est, sur les traces de la caravane neuromancienne et de ses renégats alchimistes. Pour sauver son fils, il espérait que l'or pourrait encore acheter ce que la Lumière ne pouvait accomplir.

# Chapitre XV

Syd s'était levé, la mine grave.

– Retirez vos troupes, dit-il. Abandonnez le castel et sauvez vos hommes.

La gorge nouée, Kyllion marchait à pas lents autour de la table des commandeurs. Toute sa vie, il s'était préparé à prendre une telle décision, à accepter l'inacceptable et admettre que le castel, symbole des Lions, puisse céder et obliger ses troupes à se retrancher derrière la Grise, aux côtés des Griffons. Le crépuscule approchait, et avec lui le sentiment de ne pas avoir été digne de son roi. Il n'avait pas vu la menace, il n'avait pas su réagir en conséquence et songea à son père, pèlerin infatigable qui avait arpenté Aarklash pour découvrir et raconter l'histoire de ce monde. Quels mots aurait-il choisis pour évoquer la chute du castel confié à son fils ?

– Assez de vos artefacts… lâcha-t-il du bout des lèvres.

– Le castel va tomber, quoi que nous fassions, répliqua Syd. Nous pouvons encore profiter de la confusion provoquée par mes Échaïms et sonner la retraite.

– Les musiciens d'Alahan ne sonneront jamais la retraite du castel.

– Votre obstination peut nous coûter très cher. Mettons tout en œuvre pour ouvrir une voie de repli à vos troupes. Elles sont à bout, Kyllion. Voilà près de neuf heures qu'elles se battent. Repliez-les sur vos quartiers pour qu'elles reprennent leur souffle.

Syd vit l'amertume dans les yeux du commandeur.

– Ne me dites pas comment diriger mes hommes, Cynwäll. Le castel n'est pas encore tombé.

– Êtes-vous aveugle ?

Syd pointa l'index sur la lèpre qui rongeait l'intérieur de la citadelle.

– Regardez, commandeur. Regardez bien comment elle progresse. Mendkenn est arrivée trop tard. Il faut l'accepter.

– Ils tiendront, fit Kyllion. Avec moi.

– C'est un piège. Ils veulent transformer ce castel en enfer et y aspirer nos troupes, vider Kaïber de ses défenseurs. Vous allez broyer vos forces dans une citadelle déjà perdue.

Il rafla une liasse de messages et la brandit comme une preuve :

– Vous refusez de les lire ? Près de mille cinq cents gardes morts, disparus ou blessés, des archers à court de flèches, vos épéistes réduits à une poignée d'unités exsangues, près d'une centaine de paladins considérés comme perdus…

La tension palpable entre les deux commandeurs fit taire le brouhaha des gradins.

– Des chiffres… Encore des chiffres et des rapports, dit Kyllion. Je ne devrais pas être ici mais là-bas, avec mes hommes. Tout comme vous et vos dragons.

– La colère vous égare. J'ai déjà fait une exception de taille en envoyant quatre chevaliers-dragons prêter main-forte au Ponant. J'ai envoyé moines et hélianthes se battre aux côtés des vôtres. L'engagement cynwäll est, à mes yeux, irréprochable. Nous avons joué notre rôle, et même plus.

— Vrai, concéda Kyllion du bout des lèvres, mais je refuse d'attendre.

— Ce serait une décision irraisonnée.

— Je ne vous demande pas de la comprendre. Vous êtes un elfe.

— Écoutez-moi, soupira Syd. Nous nous battons à un contre dix, de l'avis même de vos fauconniers. Le castel est un piège, un gouffre qui nous engloutira. Nous ne sommes pas assez nombreux pour les engager ainsi, sans l'appui des Griffons. Ces hommes, là-bas, ne se battent plus derrière des fortifications. Ils affrontent l'ennemi au corps à corps.

Il s'interrompit et saisit, dans les gradins, le signe d'un mage qui demandait la parole. Il l'ignora et reporta son attention sur Kyllion.

— J'ai passé de longues heures dans l'Exianthe, souffla Syd. J'ai assimilé d'innombrables rapports de bataille pour saisir l'essence même de la guerre telle que l'histoire de Kaïber nous l'enseigne. Cette guerre, notre guerre, se joue aux créneaux. Nos pères nous ont mis en garde contre l'obstination des justes, contre l'attachement que chaque homme, ici, peut ressentir à l'égard de ces pierres élevées par nos ancêtres. Des pierres, Kyllion, rien que des pierres… Vous êtes un Lion, intrépide et rêveur, attaché à rendre et à faire la justice dans l'honneur. Mais l'honneur n'a plus sa place. Pas ici, pas dans ce castel que vous vous obstinez à défendre pour de mauvaises raisons.

— Peut-être qu'à trop vouloir penser la guerre vous ne la faites plus. Un Lion ne considère pas la bataille à la même échelle que vous. La sagesse est un luxe, la justice un devoir. Je vais être franc avec vous, Syd. Je crois que vous avez oublié le sens d'un mot qui a fait les plus belles victoires de la Lumière : la bravoure.

Syd se mordilla les lèvres et embrassa la salle du regard pour mesurer sa réponse. La discorde menaçait de souffler autour de cette table. Il expira pour maîtriser les pulsations de son cœur.

— Il est bon, parfois, que des héros ne naissent pas au prix du sang, répondit-il calmement. Mon père avait raison, malheureusement. Le sens de la justice peut fausser le jugement d'un Lion. Vous allez sacrifier des hommes dans un combat que l'ennemi a choisi.

Le mage qui avait demandé la parole franchissait la première rangée de gradins. L'ombre de Drym, le garde du corps de Kyllion, se profila dans son dos. Le canon d'un pistolet se posa délicatement sur la nuque de l'Hermétique. Le faucheur se retira sur un geste de son commandeur et laissa le mage s'avancer.

Le jeune Seskar Thelune salua. Représentant officiel du Manus Hermeticum, obédience conservatrice de l'Ordre de la Chimère, il portait une longue toge de velours rouge serrée à la taille par une cordelette de soie noire. Les mains délicates, le teint diaphane et les yeux bleus, il serrait dans sa main droite un long bâton de jade.

— Parle, Seskar. Et fais vite, lui lança Kyllion sans chaleur.

— Le castel est un symbole, déclara-t-il d'une voix obséquieuse. Les mages ont tenu à rester discrets depuis le début de la bataille, mais le cours des événements nous oblige à faire connaître officiellement l'opinion de la Chimère.

— Va droit au but, grogna le commandeur.

— La Chimère, à travers notre reine, estime que tout, j'insiste car ce sont ses mots à elle, « tout doit être tenté pour sauver le castel ». Les mages s'y emploieront et vous demandent le droit de s'y rendre dès maintenant.

— En première ligne ?

— La reine le suggère.

Syd n'entendit pas la réponse de Kyllion. Un détail avait soudain attiré son attention à la surface de l'Arkäll. Un détail qui, en dépit de son absurdité, avait soulevé une lame de fond dans son cœur.

Il s'était forcément trompé, dupé par la fatigue et l'éclat lancinant de la réplique. L'étincelle n'était apparue que deux ou trois secondes avant de s'évanouir. Il ignora le regard intrigué que Kyllion posait sur lui et se pencha en avant pour s'assurer qu'il avait bel et bien été la proie d'une hallucination.

L'étincelle réapparut de manière si soudaine qu'il sursauta et agrippa violemment le bord de la table. Par jeu, il s'était familiarisé avec la moindre nuance de cette croche lumineuse qui brillait à présent avec l'intensité d'une étoile. Il ne voyait plus qu'elle et chercha, dans les gradins, un visage qui puisse le convaincre qu'il ne rêvait pas, que les blessures du passé n'altéraient pas sa perception de la réalité.

Non, l'étincelle prouvait sans le moindre doute que Melehän était là, vivant, dans la forteresse de Kaïber. Il attrapa son fourreau et l'attacha à sa ceinture, puis interpella un disciple :

— Préviens le Premier tribunal. Je remets provisoirement le commandement entre ses mains.

— Commandeur ?

— Fais ce que je te dis.

Le messager s'éclipsa. Kyllion s'était approché.

— Syd, que se passe-t-il ?

— Je dois m'absenter.

— De quoi parlez-vous ?

– De mon frère. Il est ici.

Le visage du Lion se rembrunit.

– Vous êtes épuisé. Il faut vous reposer, dit-il avec défiance.

– Je l'ai vu. Il se peut que ce ne soit qu'un reflet, une réminiscence…

– Vous ne pouvez pas quitter la table des commandeurs sur une impression. Restez, Syd, dit-il en lui empoignant le bras. J'ai besoin de vous. Les Lions vont défendre le castel. Coûte que coûte.

Syd se libéra et noua une cape sur ses épaules.

– Je vais revenir, dit-il. D'ici là, priez vos dieux. Eux seuls peuvent encore sauver vos hommes.

# Chapitre XVI

Un raclement troubla le silence qui régnait dans le tombeau de Ferym Maloth.

La gueule de Sarkhom se contracta sous l'effort. La lourde pierre glissa lentement sur le côté et dévoila un escalier qui s'enfonçait dans les ténèbres.

D'un claquement de langue, Cyrael fit reculer les Wolfen et s'approcha de l'ouverture. Avec un petit gémissement, elle prit appui sur Sirith pour plier la jambe et se baisser pour humer l'odeur qui montait des profondeurs de la tour-dragon.

Le chef-d'œuvre était là, tout près.

Son parfum l'enivrait, son parfum éveillait en elle un désir féroce et une envie soudaine de dévaler, sans attendre, les marches rugueuses pour aller étreindre son rejeton. Il lui tardait de le contempler, de le toucher, d'épouser du bout des doigts les aspérités harmonieuses de sa chair corrompue. Mais le père protégeait l'enfant. Elle devinait, sous les remugles fétides, la signature vibrante et musquée de la Lumière, l'effluve insolent d'un Cynwäll aux aguets.

Elle requit l'aide de Sarkhom pour se redresser et trottina jusqu'aux cadavres des six chevaliers-dragons. Huit de ses Wolfen étaient tombés pour lui permettre d'investir le tombeau, mais elle regrettait surtout de ne pas avoir l'occasion de ramener la dépouille des Cynwälls jusqu'à sa nécropole. Elle gardait un souvenir pénétrant des courbes ciselées de Melehän. Rien n'était comparable à l'ivresse que procurait la conquête d'un corps de Lumière, le plaisir ressenti à l'instant même où l'innocence d'un jeune Cynwäll se soumettait à la volonté du Principe obscur.

Elle renonça à l'idée de lancer sa meute dans l'escalier exigu. Elle se fiait à ses sens, persuadée que l'elfe demeurait seul avec son fils. Elle ordonna à Sarkhom de s'engager le premier sur les marches et exigea du reste de la troupe qu'il protège la tour contre toute tentative d'intrusion.

L'étroitesse du passage était telle que la faux du Wolfen raclait contre les parois. Cyrael demeurait en retrait, ses yeux froids attentifs au moindre détail. Elle se familiarisait avec les lieux pour appréhender les résistances minérales de la pierre, la persistance de la Lumière dans les creux de la roche. L'influence pernicieuse de Melehän avait joué comme elle l'espérait. Tout comme il l'avait guidé jusqu'ici, le corps profané du Cynwäll avait rayonné comme un astre noir et permis aux Ténèbres d'étendre leur emprise sur le passage souterrain pour faciliter la tâche de la nécromancienne. Le rituel qu'elle mûrissait depuis tant d'années ne pouvait s'accomplir que dans un écrin perverti par le Mal.

Elle vit soudain Sarkhom se figer à moins de dix mètres d'une porte massive qui s'ouvrait lentement devant eux. Une silhouette s'encadra sur le seuil, soulignée par le pinceau jaunâtre d'une torche. Cyrael s'immobilisa à son tour et tressaillit au contact des effluves livrés par l'embrasure. Elle décela les infimes nuances d'une chair à son image et se projeta sans attendre dans le crâne du Wolfen.

L'ordre déchira la conscience de Sarkhom. Il n'avait pas le droit de tuer. Il devait juste tenir le Cynwäll à distance. Ses babines se retroussèrent et dévoilèrent des crocs noirs taillés pour le combat. Une salive brunâtre suinta entre ses mâchoires et s'écrasa en grosses gouttes sur le sol. Saisi par la puissance de l'injonction, il se ramassa pour bondir sur sa proie.

Kyrô avait renoncé à comprendre comment ces deux créatures pouvaient se trouver aux portes du sanctuaire qu'il avait eu tant de mal à dissimuler aux siens. Son esprit refusait d'admettre qu'un piège tendu des années auparavant se referme sur lui et sur Kaïber. Il empoigna fermement Shashem pour apprécier sa souplesse et laisser à la brise retenue à l'intérieur le temps de s'éveiller. Le souffle se leva dans les nervures du métal forgées au feu d'un dragon et forma peu à peu des tourbillons de poussière étincelante qui s'enroulèrent autour de la lame.

Il para sans efforts la charge du Wolfen. La faux s'enfonça, avec un chuintement, dans l'enveloppe vibrante de l'épée. L'air brûlant absorba l'impact et lui donna l'opportunité de contre-attaquer. Sashem accompagna la trajectoire étouffée de la faux et plongea brutalement vers la poitrine du Wolfen.

Sarkhom bondit en arrière pour esquiver et sentit la pointe d'acier mordre son bras droit. Il grogna et vit, du coin de l'œil, la blessure grésiller sous l'effet d'une intense chaleur. Il recula de plusieurs mètres, suivi par Kyrô dont les yeux demeuraient fixés sur la nécromancienne. D'elle viendrait le danger, il le savait, d'autant que ses lèvres remuaient en silence, prélude à un sortilège qu'il redoutait bien plus que le Wolfen dressé devant lui. S'il ne parvenait pas à se défaire du zombie, il voulait au moins pouvoir le repousser jusqu'à elle et troubler le rituel engagé.

L'incandescence de Shashem nimbait le couloir d'une lumière blanche et aveuglante. Sarkhom reculait toujours, l'écume aux lèvres, les yeux plissés pour supporter l'éclat de l'épée, frustré de ne pas pouvoir céder à la rage qui le consumait.

Cyrael avait établi le contact. Son esprit s'était glissé entre les deux combattants pour se faufiler dans l'embrasure de la porte et atteindre le Cynwäll prostré dans sa cellule. Elle l'avait d'abord effleuré pour ne pas l'effrayer. Des caresses fugitives pour apaiser les barrières instinctives soulevées par la conscience de Melehän et en franchir le seuil sans dommage. Juste derrière, l'âme du jeune Cynwäll était intacte, identique au souvenir qu'elle en gardait du jour où elle l'avait relâché dans les ruines de l'Ancienne Muraille.

Une mer noire et étale, circonscrite et masquée par les sceaux du Principe obscur, afin que son père ait cru, jusqu'au bout, qu'il existait une chance de le sauver.

Elle contempla son œuvre avec une crainte diffuse. Elle avait disposé du temps nécessaire, presque deux ans, pour la parfaire. Cette surface d'encre couvait un mal si puissant que les sceaux apposés avaient requis l'intervention de Feyd Mantis. Un bref instant, elle le revit, lui, son maître, dressé devant l'autel de la cathédrale d'Achéron, accompagné par la mélopée des milliers de dévots qui communiaient dans la même ferveur. Elle se souvint du visage de la liche, Sorokin de Vanth, sous les arches vertigineuses du narthex, marqué par la douleur et l'allégresse tandis que les doigts osseux de l'archevêque s'enfonçaient lentement dans sa poitrine pour atteindre son cœur. Et, plus tard, ce même cœur, animé de pulsations irrégulières, comprimé dans le poing de Feyd Mantis au-dessus du visage blafard du Cynwäll afin que, par le sang, coule et se transmette l'âme sacrifiée. Et, enfin, son travail à elle, lent et minutieux, pour masquer l'enchantement et faire en sorte que cette âme-là demeure invisible aux yeux de Kyrô.

Les souvenirs se diluèrent dans la souffrance lorsque les premiers sceaux cédèrent et permirent la renaissance de Sorokin de Vanth.

La liche s'éveilla dans un cri aigu et dissonant.

Sa vie, telle qu'elle survivait dans sa mémoire, commença à disparaître.

Sorokin oublia qu'il était natif de Doriman, la plus vaste baronnie d'Alahan balayée par les vents froids de la mer d'Éphren. Il oublia la découverte de son propre corps, de sa laideur qui lui avait valu bien trop tôt les quolibets hargneux des enfants de son âge. La nature l'avait délaissé, elle l'avait abandonné pour ne produire qu'une caricature, un être contrefait aux traits disgracieux, affublé d'un pied-bot et d'une tache de vin qui lui marquait la moitié du visage. Il se haïssait dans les yeux de ses tourmenteurs et, incapable d'aider sa famille aux champs, passait le plus clair de son temps au grenier pour s'inventer une autre vie. Puis il avait commencé à se glisser hors de la maison dans les bois alentour pour piéger des bêtes sauvages, par plaisir mais aussi pour s'affubler de leurs peaux et masquer ce visage qui lui faisait honte. Son appétit morbide s'était forgé dans ces combles moisis, un univers clos peuplé de squelettes et de peaux qu'il collectionnait comme des talismans pour se prémunir du monde extérieur.

Mais les autres étaient là, comme les fantômes qui revenaient malgré les lapins et les musaraignes qu'il saignait par dizaines pour les faire fuir. Des adolescents rudes et vicieux qui, par jeu, lui donnaient la chasse lorsqu'il s'aventurait hors de son sanctuaire et le traînaient jusqu'à l'étang voisin pour le plonger dans l'eau froide et le « purifier ». Oublié de ses parents, négligé par ses frères et sœurs, il avait supporté les humiliations et attendu son heure.

Elle était venue dans la poussière soulevée par les roues grinçantes d'une caravane peuplée d'étranges saltimbanques aux visages burinés, habillés de vêtements amples aux couleurs chamarrées et coiffés de chapeaux à large bord. Ils jonglèrent et dansèrent sur la place du village jusqu'au milieu de la nuit et lorsque tous les habitants ou presque furent saouls ou couchés, une femme vint le voir. Elle avait la peau cuivrée, des cheveux châtains et bouclés, des seins légers moulés dans la soie d'une tunique bleu nuit. Elle le fascina et lui dit qu'elle l'avait remarqué, lui, Sorokin, parmi tous les autres hommes. Elle flatta ses difformités et lui fit l'amour dans ce grenier sordide, à la lueur d'une vieille lanterne, sous une poutre d'où pendait encore le cadavre d'un lapin écorché.

Il avait su, bien plus tard, que cette nuit-là son corps avait accepté le don des Ténèbres, que cette femme recherchait les âmes torturées pour leur donner les moyens de s'accomplir.

Les jours et les mois suivants, Sorokin apprit à ouvrir des passages entre ce monde et ceux des Ténèbres qui lui tendaient les bras. Il s'y jeta avec une jouissance sans pareille, ivre des horizons dévoilés par le Principe obscur.

Il décida d'abandonner le village au soir de sa seizième année. Il se glissa hors de son grenier, se faufila dans la chambre commune où dormaient les six membres de sa famille et les tua, un à un, pour invoquer un démon. Ce dernier traqua les bourreaux de son maître jusqu'à la pointe du jour et les noya dans ce même étang où on l'avait forcé à s'agenouiller pour laper l'eau croupie.

À présent, il pouvait savourer l'oubli.

Accepter de sentir ses souvenirs se diluer dans la conscience d'une liche et laisser les rais noirs de la renaissance fuser à travers ses plaies.

Kyrô avait rompu l'engagement pour se précipiter vers son fils. Il s'immobilisa sur le seuil, tétanisé par la vision du corps crucifié qui s'élevait lentement au-dessus du sol. Les faisceaux couleur d'encre rayonnaient de l'âme noire en éveil. Kyrô vacilla, étourdi par le poids de sa culpabilité. Abusé par ses remords, aveuglé par l'amour qu'il portait à son fils, il avait accueilli et caché les Ténèbres au cœur de Kaïber.

Melehän n'existait plus. Ses mains, longtemps préservées de la nécrose, se recroquevillèrent et vieillirent à une vitesse prodigieuse. Les doigts rétrécirent et les ongles tombèrent. La peau se flétrit sous une chaleur maléfique. Sur son visage, les yeux se renfoncèrent dans leurs orbites et s'opacifièrent, teintés d'une couleur cobalt. La poitrine s'affaissa et dévoila, par endroits, des os noirs cristallisés.

La renaissance prit fin brutalement. Les faisceaux se rétractèrent et la liche se posa doucement sur le sol. Kyrô étreignit de toutes ses forces la garde de Shashem pour pouvoir affronter son regard hypnotique.

Sa silhouette tassée évoquait celle d'un arbre calciné. Les bras se dressaient comme des mandibules distordues, son cou tavelé ployait sous le poids d'une tête décharnée qui oscillait de bas en haut avec lenteur. Bosselé et semé de quelques touffes de cheveux gris, le crâne luisait d'un éclat surnaturel.

Un suaire couleur pourpre s'était reconstitué autour de sa taille. L'étoffe d'origine avait été volée sur la dépouille d'un mort-né, premier enfant d'Agonn l'Ardent. Sorokin avait apprécié le symbole et en particulier le fait que la mère ait accouché d'un petit être trop fragile pour survivre. Les Ténèbres s'étaient emparées du linge gorgé d'innocence pour l'offrir aux tisserands déments qui, sur leurs rouets d'onyx, l'avaient renforcé à l'aide de cheveux filandreux coupés sur le crâne des banshees.

Kyrô chancela, atteint de plein fouet par la conscience perforante de la liche. Il lâcha son épée et se prit la tête à deux mains tant la douleur était intense. Sorokin de Vanth avançait en terrain conquis, sur les cendres d'une âme dévoyée. Le vieux commandeur éclata en sanglots, submergé par l'émotion, incapable d'admettre la présence de ce poison insidieux transmis par son propre fils. La créature pathétique qu'il avait soignée avec tant d'abnégation n'était qu'une illusion, un instrument de domination révélé par la nécromancienne.

Kyrô s'effondra contre la porte, incapable de résister à l'étau qui broyait son crâne. Un son étouffé franchit les lèvres racornies de Sorokin, un souffle qui scella définitivement son emprise sur l'esprit du Cynwäll.

En compagnie de Sarkhom, Cyrael vint s'agenouiller devant la liche. Elle avait accompli sa tâche et se soumettait corps et âme à son maître. Sorokin étendit le bras et releva, d'un ongle pointu, le visage de la nécromancienne.

– Les dragons… souffla la liche. Amène-moi aux dragons.

Chapitre XVII

Syd courait en foulées courtes et maîtrisées. Une cape sombre jetée sur ses épaules, il entendait claquer, juste derrière lui, les sandales souples de Soïm et les bottes lourdes de Nelphaëll.

Ses deux compagnons étaient arrivés à Kaïber dans la nuit. Myldiën avait œuvré dans l'ombre pour détourner un chevalier-dragon et sa monture revenant de l'est, depuis les monts Ægis où le Cynwäll avait livré en personne un présent du Guide, des pièces rares forgées par les chronosiarches à l'attention du Senex, père des nains. L'Équanime et l'hélianthe avaient accompli le voyage en silence, juchés sur des selles d'appoint. À leur arrivée, ils avaient pris leurs quartiers dans une annexe de l'Atelier.

Seule la jeune elfe connaissait l'origine d'un tel privilège. Le dragon n'avait pas été dirigé à leur rencontre pour reconstituer le trièdre mais pour lui permettre, à elle, de demeurer dans le sillage de Syd. En prélude à la création du trièdre, Myldiën, ainsi que plusieurs Mères hélianthes de Laroq, l'avait chargée de surveiller le fils de Kyrô. Si les faits démontraient que l'artefact affectait la liberté de jugement de son maître, elle devait l'exécuter. Elle avait côtoyé Syd pendant quatre ans sans être amenée, une seule fois, à pointer son arbalète dans sa direction.

Syd fut rattrapé par son mentor au seuil de la Salle des plans et, en chemin, lui rapporta, sans omettre un détail, ce qu'il venait de voir. Myldiën ne fit aucun commentaire et, sachant que le commandeur venait de refuser l'escorte des tribëns, lui suggéra de reconstituer le trièdre pour se déplacer à l'intérieur de la forteresse.

Syd accepta, allégé d'un poids dont il ne soupçonnait pas l'existence. Depuis les rives des Falaises plaintives, il avait plusieurs fois ressenti un manque profond, la sensation d'avoir été amputé d'une partie de lui-même. À trois reprises, alors qu'il fixait la réplique de l'Arkäll, il s'était retourné spontanément pour chercher, derrière lui, le regard apaisant de l'Équanime et l'expression farouche de l'hélianthe.

Les retrouvailles se firent avec une simplicité déconcertante. Syd les serra tous deux contre sa poitrine, un geste d'amitié qui ne lui ressemblait pas. L'attention toucha Nelphaëll et éveilla une lueur circonspecte dans les yeux sombres de l'Équanime.

Tandis que Myldiën rebroussait chemin, le trièdre reconstitué s'engageait dans le dédale des tours-dragons. Syd avançait en confiance, heureux d'être accompagné par ceux qui avaient partagé son exil loin de la forteresse. Un exil… Le mot lui était venu spontanément à l'esprit, preuve que son regard sur les quatre années passées se nuançait.

Des Cynwälls en armes sillonnaient les rues pavées qui serpentaient entre les tours. Des récits décousus s'échangeaient d'une patrouille à l'autre. La rumeur parlait d'un ennemi insaisissable que l'Arkäll n'avait su voir, infiltré en profondeur et responsable de la mort de plusieurs gardes qu'on avait retrouvés dans une mare de sang, éventrés ou égorgés. Un témoignage plus précis que les autres évoquait des Wolfen en nombre menés par une nécromancienne.

Syd guida le trièdre jusqu'à l'endroit où il pensait avoir vu l'étincelle de son frère. Un lieu paisible, à l'écart de l'effervescence qui régnait dans le quartier. Aucune patrouille ne s'était aventurée jusqu'ici, dans cette courette où ils découvrirent, stupéfaits, que les Ténèbres avaient profané le sépulcre de Ferym Maloth.

Ils s'engouffrèrent aussitôt dans la brèche et pénétrèrent dans le salon saccagé où gisaient les cadavres des chevaliers-dragons. Syd les reconnut sans mal. Tous ces masques, arrachés ou brisés sur le sol, avaient bercé son enfance aux côtés de son père.

L'Échyrion n'avait pas discerné la menace dans la tour saturée par les émanations ténébreuses. En silence, quatre Wolfen zombies s'étaient déjà regroupés à l'extérieur, de chaque côté de la brèche, tandis que trois autres, embusqués dans l'escalier en colimaçon qui menait à l'étage, quittaient lentement leur cachette pour descendre vers le salon.

La meute se dévoila avec un plaisir manifeste. Deux Wolfen apparurent de chaque côté d'un paravent de bois clair éclaboussé de sang, deux autres émergèrent de la trappe et un dernier dans l'angle d'une haute armoire.

Les trois elfes se retrouvèrent dos à dos, au centre de la pièce. Nelphaëll avait épaulé son arbalète et alternait rapidement les cibles dans l'axe de sa mire. Soïm, lui, se mouvait au ralenti, les yeux mi-clos, afin d'animer les tatouages qui couvraient sa peau et atteindre l'harmonie mimétique.

Syd soupesa son épée longue dans sa main gauche.

– L'escalier, murmura-t-il par-dessus son épaule. Notre seule chance. Nelphaëll, couvre-nous.

L'hélianthe attendit que Syd et Soïm s'élancent vers les trois Wolfen regroupés au pied de l'escalier pour décocher son trait. Dans la même seconde, elle s'agenouilla pour stabiliser sa visée, bloqua sa respiration et tira sur le Wolfen qui amorçait tout juste un mouvement pour couper la route à ses compagnons.

Le carreau trouva la gorge du zombie. L'impact, d'une extrême violence, le souleva du sol et le jeta contre l'armoire qui bascula en arrière. Les deux Wolfen campés près du paravent la chargèrent aussitôt, la gueule ouverte sur un cri de guerre rageur.

Syd s'était porté à hauteur d'un premier adversaire qui tenta de couper son élan d'un revers de faux. Il bondit par-dessus la lame crénelée et retomba à moins d'un mètre de son adversaire. L'épée servit d'appât et obligea le zombie à se fendre brutalement sur le côté pour éviter une trajectoire fatale. Mû par un savoir martial, l'Échyrion pénétra la chair putréfiée au milieu de la poitrine. La main tendue comme une lame s'insinua entre deux côtes et s'enfonça à l'intérieur de la cage thoracique. Les yeux du Wolfen se troublèrent lorsque les doigts de métal se refermèrent sur sa colonne vertébrale et, d'un coup sec, la brisèrent comme un vulgaire morceau de bois. L'encre de son sang jaillit en bouillons de sa gueule grande ouverte. Il tenta, dans un ultime soubresaut, de soulever sa faux, mais Syd retirait déjà son bras de la poitrine éventrée. Le zombie tituba et s'écroula lourdement aux pieds du commandeur.

La scène n'avait duré que quelques secondes. Avec une redoutable agilité, Soïm avait plongé entre les faux des deux autres Wolfen pour jaillir dans leurs dos et les obliger à faire volte-face tandis que Nelphaëll franchissait les quelques mètres qui la séparaient de Syd en rechargeant son arme, talonnée par trois zombies.

L'Équanime était parvenu à déplacer le combat pour permettre à ses compagnons de s'engouffrer dans l'escalier. Syd attrapa la jeune femme par le bras et la propulsa derrière lui. D'un bref regard, il s'assura que Soïm maîtrisait l'affrontement et fit face à ses assaillants.

Dans un battement de cœur, il enregistra leurs mouvements et, prenant appui sur une chaise, amplifia son élan pour bondir le plus haut possible, l'épée empoignée à deux mains. Une faux se leva et traça sur sa cuisse un sillon brûlant. Une autre siffla sous ses pieds. Gêné par la manœuvre, le dernier Wolfen improvisa et utilisa son arme comme un bâton pour lui assener un violent coup de manche à l'épaule. La bourrade déséquilibra Syd, et son épée, déviée, ne fit qu'entailler le bras de son opposant.

Une nouvelle mêlée s'esquissa dans la pénombre. Accroupie dans la première courbe de l'escalier, les cheveux défaits en broussaille autour de son masque, Nelphaëll cherchait à assurer son tir sans blesser ses deux compagnons. Soïm, de son côté, prenait de l'assurance au fur et à mesure que ses esquives accéléraient le processus de mimétisme. Sur son torse et dans les plis de sa jupe noire s'animaient les reflets de la pièce comme si le décor miroitait à la surface de la peau et du cuir. Les Wolfen ne frappaient plus que dans le vide sans parvenir à anticiper les mouvements coulés de l'Équanime.

Syd pivotait lentement sur lui-même, un élancement douloureux à l'épaule, les deux mains vissées sur la garde de son épée. Leur charge rompue, les trois créatures s'étaient spontanément écartées pour former un cercle autour de lui. Elles se balançaient sur leurs pattes avec des cris rauques et, prudentes, se contentaient de provoquer le Cynwäll du bout de leurs faux.

Toutes s'immobilisèrent à l'apparition de la nécromancienne qui émergeait péniblement de l'escalier menant au sous-sol. Éprouvée par le rituel, Cyrael progressait à petits pas en prenant la précaution de faire peser tout son poids sur sa canne. La dernière marche lui coûta un moment de faiblesse et l'obligea à s'appuyer sur l'accoudoir d'un fauteuil pour reprendre son souffle. Elle ignorait encore combien de temps elle parviendrait à résister à l'influence de la liche qui s'abreuvait sans retenue à toutes les sources de Ténèbres qui passaient à sa portée. Sorokin de Vanth tissait sa toile avec un appétit démesuré, presque incontrôlable.

La liche était affamée.

Les Wolfen s'immobilisèrent lorsque la silhouette décharnée de Sorokin se glissa à son tour dans le salon. Le suaire s'était encore agrandi pour recouvrir son crâne comme une capuche et masquer le bas de son visage en ne laissant visibles que les yeux.

Ces yeux-là, Syd ne put les affronter malgré le filtre de son masque. Pareils à du quartz noir, ils incarnaient un mal pur, lisse, froid et opaque comme du métal, qui fit le tour de la pièce avant de s'attarder sur lui avec curiosité. Dissous dans les ténèbres, l'esprit de Melehän n'avait laissé que des cendres dont certaines éveillaient un vague écho dans les replis de son âme. Il pencha la tête sur le côté, intrigué et contrarié par l'apparition de ce visage étrangement familier.

Syd se mordit les lèvres jusqu'au sang pour ne pas hurler lorsque l'Échyrion, frappé de plein fouet par l'aura ténébreuse, se contracta brutalement et fit naître, à l'extrémité de ses doigts, une vague de souffrance qui déferla le long de son bras et explosa dans sa poitrine. Le bras convulsé, il sentit des gouttes d'une sueur glacée perler à son front. Il fit un pas en arrière et comprit que ce mouvement de recul n'était rien d'autre que la peur, ce sentiment contraire à toutes les valeurs de son peuple, ce sentiment que les elfes avaient appris à domestiquer par l'esprit et les gravures enchantées de leur masque.

La terreur s'était fichée dans ses yeux gris comme une lance, comparable à celle qu'il avait éprouvée quatre ans plus tôt en présence d'Aldéran le guerrier-crâne. Il recula encore et résista de toutes ses forces.

Il buta contre une commode et tituba à travers la pièce, les poings serrés, sous le regard avide des Wolfen qui n'attendaient qu'un ordre pour l'achever.

Son propre frère qu'il avait reconnu sous les traits décharnés de la liche se servait de la peur pour le dominer et jeter un pont entre les deux esprits. Sous l'effet de la douleur, Syd sentit brutalement sa jambe gauche se dérober. Il s'affaissa à moitié et parvint à conserver son équilibre en posant un genou à terre, les bras repliés sous son ventre. Il se força à expirer, ferma les yeux et crut saisir, dans les recoins de sa mémoire, la voix lointaine de maître Thalsö qui guidait son disciple dans les méandres de la forteresse.

*Entends l'âme de Kaïber.*

Il ferma les yeux. Les murmures de la pierre s'élevèrent autour de lui en poussières minérales.

Il perçut le son clair du marteau d'un forgeron hélianthe frapper avec vigueur le plat rougeoyant d'une lame en devenir, le soupir d'un chronosiarche sur le mécanisme subtil d'un heaume du temps, le souffle timide d'une jeune Équanime qui se penchait pour embrasser les lèvres pâles d'un paladin d'Alahan à l'agonie, le cri solitaire et déchirant d'une Échaïme jetée à terre et dépecée vivante par des zombies affamés, les insultes qu'un vieux fusilier griffon, empalé sur les griffes d'un Moloch, crachait à la gueule de son bourreau, le sanglot sourd d'un dragon qui pleurait des larmes vaporeuses sur les âmes mortes de la nuit.

Toutes ces voix, tous ces bruits qui incarnaient la forteresse, se confondirent pour n'en former qu'un seul, pareil au son du cor ralliant des troupes en déroute. La peur reflua, vaincue, et Syd commença à desserrer l'étau de la main spectrale refermée sur son crâne.

Un rictus tordit le visage de Sorokin de Vanth. Le Cynwäll n'essayait plus de se dérober, il le repoussait, il le chassait de son esprit. Troublée, la liche préféra se retirer, consciente qu'elle perdait de vue son objectif et se laissait entraîner dans une confrontation sans intérêt. Son temps était compté. D'un murmure qui effleura la conscience des Wolfen, elle ordonna l'exécution immédiate du Cynwäll et s'éloigna d'une démarche traînante dans le sillage de la nécromancienne.

Les zombies frémirent lorsqu'elle disparut par la brèche. Soïm, qui avait profité de la scène pour se rapprocher du commandeur, se précipita à sa hauteur pour le soulever par les épaules et l'entraîner vers l'escalier. Nelphaëll, pétrifiée elle aussi par l'effroi en présence de la liche, reprenait tant bien que mal ses esprits. L'arbalète oscilla entre ses doigts frêles avant de se stabiliser et d'aligner le premier Wolfen qui fit mine de barrer la route à ses deux compagnons. La créature hésita et consulta ses frères du regard. Même si la peur leur était étrangère, elle n'avait pas l'intention de courir au suicide et de défier le tir de l'hélianthe.

Syd haletait, le souffle court, les tempes bourdonnantes. Il avait pu tenir la liche en échec, mais son intrusion avait laissé des traces. Ivre de fatigue, les muscles endoloris, il s'abandonna entre les bras fermes de l'Équanime.

Il eut conscience d'être hissé dans l'escalier et vit, à travers ses paupières tombantes, Nelphaëll monter les marches à reculons pour tenir leurs adversaires en joue jusqu'à ce que le trièdre disparaisse dans le premier lacet de l'escalier.

— Il est blessé ? souffla-t-elle lorsqu'ils furent parvenus à l'étage supérieur.

Syd sentit les doigts de l'Équanime palper son corps.

— À la cuisse. Rien de grave.

Syd repoussa le moine, concentré sur l'Échyrion qui revenait peu à peu à la vie. Dans ses veines s'écoulait l'élixir des Sphinx, un liquide ambré qui se mêlait à son sang pour apaiser la tension de ses muscles et effacer les empreintes de la liche qui zébraient son esprit.

Ils avaient trouvé refuge dans une chambre spacieuse qui occupait l'intégralité de l'étage. Tous les objets personnels de la dame-dragon avaient été laissés en l'état. Le temps avait accompli son œuvre et déposé sur le mobilier une fine couche de poussière. Derrière l'odeur rance des tissus en décomposition persistait un parfum lointain, une odeur de jacinthe que la défunte avait portée pour s'endormir auprès de son vieil ami.

Syd refusa l'aide de l'Équanime pour se redresser et fit quelques pas pour s'assurer qu'il tenait sur ses jambes. Postée sur le palier, Nelphaëll avait gardé son arbalète pointée dans l'escalier.

— Ils reviennent, prévint-elle soudain d'une voix nerveuse.

— On monte, ordonna Syd.

L'hélianthe leva un sourcil intrigué.

— On peut facilement se défendre ici.

— On ne reste pas. Il y a une passerelle au sommet. Elle doit être scellée, mais elle devrait nous permettre de rejoindre une tour voisine.

— Qu'est-ce que tu veux faire ?

— Retrouver la liche, dit Syd.

— Ton frère…

— Melehän est mort, l'interrompit-il. Elle s'est incarnée en lui. Elle l'a tué… Désormais, elle est à moi.

Sous son masque, Nelphaëll vit une lueur féroce embraser les yeux gris du commandeur.

# Chapitre XVIII

Le Ponant brûlait. Les meurtrières vomissaient de lourdes volutes de fumée qui tournoyaient au-dessus du champ de bataille, teintées de rouge par les flammes qui léchaient les remparts. Eschelius le Fervent, inquisiteur du Griffon, avait réuni les survivants dans une grotte où convergeaient les trois grandes allées qui reliaient les contreforts à la Grise. À l'éclat des glyphes du Solaris qui luisaient à la surface des battants, les survivants ressemblaient à des fantômes. La fatigue et la douleur marquaient leurs visages. Des conscrits soutenaient leurs frères blessés, des fusiliers exténués se réconfortaient et bandaient leurs mains brûlées par la poudre, des inquisiteurs s'agenouillaient auprès des mourants pour les confesser.

Ils étaient moins de deux cents et inspiraient à Eschelius un profond respect. Ils avaient fait honneur aux Griffons, à l'Alliance et surtout à Merin. La troupe avait fait son devoir pour ralentir l'engeance maudite des dévots de Salaüel. De nombreux démons étaient tombés devant les barricades et la détermination de leurs défenseurs. Piliers de la foi, les inquisiteurs s'étaient dressés comme des étendards dans les couloirs enfumés. Eschelius les avait vus repousser les hordes noires sans craindre d'être encerclés ou de ployer sous le nombre. Merin avait consacré ses serviteurs, il en avait l'intime conviction, et même s'il ignorait encore le destin de Kaïber, il savait que le Ponant deviendrait un lieu sacré où les enfants de ceux qui étaient tombés en ce jour de grâce viendraient prier la mémoire de leurs pères.

Il retira son heaume. Son visage mutilé par les bourreaux de l'Inquisition rappelait à chacun le sens de son combat. Il traversa les premiers rangs pour se porter à hauteur des derniers inquisiteurs qui s'étaient rassemblés à l'entrée du passage central. Ces seize guerriers-mages, dont les robes rouges pendaient en lambeaux sur leurs armures, s'agenouillèrent devant leur chef pour recevoir sa bénédiction.

Puis le Fervent les releva pour une dernière accolade et s'adressa à ses troupes :

– Aujourd'hui, j'ai vu ce que peu d'hommes avant moi ont vu. J'ai vu de vrais Griffons, j'ai vu des braves. Et mon cœur saigne à l'idée de vous perdre. Vous avez fait bien plus qu'il n'en fallait. Avoir pu me battre à vos côtés fut un honneur et une fierté. Là, devant moi, je ne vois que des justes, et aux justes Merin accorde sa grâce. Cette porte qui nous sépare de nos frères ne peut être ouverte. Par la poudre et le pouvoir de la magie théurgique, nous allons condamner cette grotte et sceller ces passages que nous avons vaillamment défendus. J'ai confié cette tâche à nos frères inquisiteurs qui considèrent ce sacrifice comme un devoir. Mais avant que la colère de Merin ne s'abatte, vous, soldats, vous allez venir avec moi.

« Nous allons tenter une percée. Vous n'êtes pas plus de deux cents, mais vous êtes ceux dont Merin ne veut pas le sacrifice. Peu d'entre vous s'échapperont du Ponant, mais même s'il n'en fallait qu'un seul pour raconter un jour votre combat, cette ultime percée aurait un sens. Je vais vous mener une dernière fois au combat. Nous allons traverser ces contreforts comme une bourrasque. Ceux qui survivront et qui parviendront à rejoindre l'extérieur se disperseront et feront tout ce qui est en leur pouvoir pour survivre. Je veux dédier cette percée à vos futurs enfants, qu'elle en soit l'acte fondateur. Au nom de Merin et de l'Alliance.

Une clameur salua son discours. Les hommes se redressèrent tant bien que mal et constituèrent une longue colonne dans l'axe du passage central. La torche haute, les inquisiteurs formèrent spontanément une haie d'honneur sous la voûte basse de l'entrée et saluèrent le lent défilé des conscrits et des fusiliers qui reprenaient déjà en cœur le cantique entonné d'une voix claire par Eschelius le Fervent.

Derrière la Porte des Audaces s'étendait un large couloir pavé de marbre blanc et barré, à intervalles réguliers, par de lourdes herses de fer. Des colonnes ouvragées soutenaient la voûte, ainsi que des torchères fixées sur des anneaux de plomb. Une rumeur enflait dans ce passage envahi par l'odeur du crottin et de la sueur. L'avant-garde des destriers d'Alahan piaffait d'impatience. Penchés à l'encolure, les chevaliers rassuraient leurs fidèles montures en attendant l'ordre de Dragan le Miséricordieux.

La lance baissée, le baron d'Orianth observait les bardes rassemblés devant lui. Au nombre de vingt, ils s'étaient accroupis devant les serrures de la porte pour lever les enchantements de l'Hermétique.

Son visage buriné affichait une expression indéchiffrable. Daryon, porte-étendard et ami, éprouvait une inquiétude croissante. Lui qui d'ordinaire se fiait à la lueur ardente qui brillait dans les yeux de son maître pour chevaucher sans crainte à son côté ne décelait que le doute dans les deux flaques bleu nuit ombrées par d'épais sourcils. Se pouvait-il que le Miséricordieux ne croie pas à cette charge mandatée par le commandeur Kyllion ?

Le baron avait tu ses scrupules au nom d'une cause qu'il considérait supérieure à toutes les autres. Rien n'égalait son serment fait à la Lumière. Contrairement à la plupart des autres barons, il plaçait l'autorité de l'Alliance au-dessus de celle de son roi. Depuis longtemps, le Rag'narok avait transcendé les frontières pour impliquer l'Alliance au-delà des querelles et des complots qui se tramaient à Kallienne, la baronnie-capitale du royaume.

Il avait répondu à l'appel de Kyllion le Jeune sans l'ombre d'une hésitation et attendu l'aurore pour quitter son château en compagnie de sa garde personnelle, emportant avec lui le souvenir d'une nuit fiévreuse dans les bras de sa femme, Scylène d'Orianth. Il déposa un baiser sur le médaillon logé dans le creux de son pavois. Il puisait sa force dans le profil de son épouse et espérait que si la mort devait frapper aujourd'hui, il serait à même de porter le bijou à ses lèvres pour partir avec elle.

À présent il lui incombait de mener les hérauts de justice à la victoire. Les bardes terminaient leurs rituels. Dans les veines du bois, les nœuds de lumière achevaient de se dénouer. La Porte des Audaces s'ouvrit.

Au-delà s'étendait une marée fangeuse, animée de lents remous au parfum de charogne. Un bref instant, l'immense fracas de la bataille fit reculer les chevaux, mais un son familier s'élevait déjà dans les rangs d'Alahan. Un musicien s'était dressé sur sa selle pour sonner le cor et conduire la charge.

La colonne s'ébranla. Très vite, les sabots glissèrent sur les cadavres enchevêtrés vomis par l'ouverture de la porte et empêchèrent les chevaliers de donner à leur charge l'élan et la puissance nécessaires pour s'enfoncer profondément dans les lignes ennemies. Néanmoins, zombies et squelettes qui affluaient en nombre contre le flanc de la Grise furent balayés dans les premières secondes. La marée reflua, puis s'écarta sur le chemin des chevaliers. Caparaçonnés et conduits par les plus illustres cavaliers d'Alahan, les chevaux galopaient droit devant eux dans le sillage du baron d'Orianth et de son porte-étendard.

D'or et d'acier, la colonne perça le front de l'armée des damnés comme une lame en fusion. Des morts vivants furent littéralement soulevés de terre par l'impact, d'autres furent happés et broyés par le galop des destriers. Les lances causèrent de tels ravages qu'une clameur enthousiaste jaillit des chemins de ronde de la Grise et se répercuta jusqu'à la Porte des Justes.

Dragan avait infléchi la charge sur sa droite pour longer le rempart ouest du castel. Tout comme Lys Mendkenn s'était portée au secours des Lions assiégés, le baron tentait à son tour de sauver la citadelle avancée.

Séparés du gros des troupes, les damnés engagés à l'intérieur fléchirent mais tinrent bon. Depuis la tête de pont établie par les paladins noirs dans le flanc de la Grise, les goules s'étaient infiltrées en si grand nombre que le mouvement de tenaille amorcé une heure plus tôt avait pris une tournure dramatique.

L'intervention des Échaïms n'avait fait que retarder l'inéluctable. Englués dans de terribles corps à corps, les Lions se battaient dans chaque recoin du castel et n'étaient plus en mesure de se replier en bon ordre. Des guerriers-crânes avaient franchi la brèche ouverte dans le rempart pour resserrer les rangs. Dans l'axe de cette citadelle où s'affrontaient des milliers d'hommes et de créatures, un siphon s'était ouvert dans le ciel. La fureur des combats avait attisé la colère des forces primagiques qui grondaient et tourbillonnaient furieusement à la lueur des éclairs.

Pour Dragan d'Orianth, le castel était perdu. Il prit sa décision en dépit des ordres reçus de la Salle des plans, et résolut de mettre à profit la saillie ouverte par ses chevaliers depuis la Porte des Audaces pour la transformer en voie de retraite. Au son du cor, chevaliers et destriers s'arc-boutèrent sur leurs positions afin de dresser un rempart entre l'armée d'Achéron et le castel, tandis que le Miséricordieux, accompagné de son porte-étendard, lançait sa monture à travers la brèche pour rallier les survivants.

Gardes, archers et même paladins s'émurent à la vue du Miséricordieux qui sillonnait les cours intérieures pour ordonner la retraite. À deux reprises, escorté par son fidèle Daryon, on le vit rompre des lignes ennemies afin de permettre à des archers encerclés de se dérober pour rejoindre le passage ouvert par les chevaliers.

La scène marqua les esprits à jamais. Sur toute la longueur du rempart, depuis la brèche jusqu'à la Porte des Audaces, les chevaliers du Lion formèrent un cordon infranchissable et résistèrent à la formidable pression de l'armée d'Achéron. Plus d'une fois, le cordon manqua de céder et fut comblé par des paladins sur le chemin de la retraite. Les chevaliers, qui avaient troqué leur lance pour une épée longue, tinrent pendant plus de quarante minutes et permirent à plusieurs centaines de soldats de fuir le castel à l'agonie.

Au même moment, les quatre dragons dépêchés au Ponant par leur commandeur achevaient le transfert des blessés. Syd avait espéré qu'ils soutiennent l'effort akkylanien pour tenir les contreforts, mais l'ennemi avait décidé de se battre à l'intérieur des fortifications et abandonné les créneaux aux Cynwälls.

Entassés sur les chemins de ronde, les Griffons blessés avaient requis l'aide des chevaliers-dragons pour fuir par les airs. Ceux qui pouvaient encore tenir debout improvisèrent des nacelles de fortune dans les tonneaux de poudre et permirent à la majorité d'entre eux d'être rapatriés dans leurs quartiers.

Une énorme explosion mit fin aux espoirs de ceux qui croyaient le Ponant indestructible. Le sacrifice des inquisiteurs souleva des geysers de poussière, de roche et de flammes qui déchirèrent le flanc de la montagne. Des tours frémirent et s'écroulèrent sur les troupes massées en contrebas, des pans entiers de remparts se fendirent et, par endroits, glissèrent lentement dans le vide en emportant avec eux les blessés qui n'avaient pas eu le temps d'être évacués.

Le Ponant, tel que les architectes de l'Alliance l'avaient pensé pour qu'il résiste aux Ténèbres, n'existait plus. Les dragons se détournèrent et, sur ordre de Myldiën le Sensé, se dirigèrent vers le castel pour prêter main-forte aux chevaliers.

Depuis la Grise, Kyllion le Jeune avait conduit les paladins de l'Amarante au combat. Il avait décidé d'attaquer après Dragan d'Orianth afin de faire croire à l'ennemi que l'Alliance remettait le salut du fortin entre les mains du baron.

La diversion n'eut pas l'effet escompté. Dans la confusion, les rapports fournis à la Salle des plans avaient sous-estimé la présence de l'ennemi. Malgré des tentatives répétées, Ortho, sa garde prétorienne ainsi que plusieurs unités de templiers n'avaient pu repousser les paladins noirs au-delà de cette frontière stratégique qui faisait la jonction entre la Grise et la citadelle avancée.

Kyllion savait que l'Amarante pouvait influencer l'issue de la bataille. Il avait avec lui les sans-blasons, ceux que la justice de son pays avait privés de pavois. Dans un royaume où la valeur d'une famille se jugeait aux armes qui figuraient sur le bouclier, la perte d'un tel droit les condamnait à une disgrâce comparable à la mort. Pour espérer un geste de leur roi, ces hommes et ces femmes pouvaient choisir de devenir paladins de l'Amarante, des guerriers qui se devaient de mourir au combat pour rétablir l'honneur de leur famille. Leur fougue et leur sens du sacrifice en faisaient un corps d'élite rompu aux combats désespérés.

Méprisés par la majorité des Lions qui regrettaient que le roi ait accepté de les considérer comme des paladins, ils vivaient à l'écart, dans des habitations modestes où le commandeur se rendait souvent pour dîner avec quelques vétérans de la baronnie d'All-moon. Contrairement aux siens, Kyllion le Jeune respectait les sans-blasons et appréciait, à cet instant précis, de savoir leur chef à ses côtés.

Natif de la baronnie d'Icquor, Talsegur était grand et charpenté. Conformément au code de l'Amarante, il avait rendu son pavois mais gardé l'armure de famille.

Reforgées plusieurs fois, les vieilles plaques de métal qui protégeaient son corps témoignaient de ses revers de fortune. Déshérité par les siens, il ne vivait que de la solde accordée aux combattants de Kaïber. Homme de parole, il ne cachait rien des circonstances qui l'avaient amené à franchir la Porte des Justes. Amoureux de la même femme, son frère et lui s'étaient résignés à un duel fratricide pour savoir lequel des deux serait en droit de l'épouser. Marchand de son état et bretteur médiocre, le frère de Talsegur avait accepté la proposition et troqué son épée contre un pistolet. Le sang-froid du paladin avait eu raison de la fébrilité du marchand terrorisé par l'enjeu. Talsegur avait foudroyé son frère d'une balle en plein front. Le cadavre avait eu raison de son amour. Le même jour, il s'était rendu aux baillis qui venaient l'arrêter pour meurtre. Égeus le Forestier, baron d'Icquor, avait appliqué la loi et l'avait déchu de ses droits. Talsegur avait enterré son frère, remis son pavois, fait ses adieux à sa famille et à la femme qu'il aimait, puis rallié Kaïber pour devenir un sans-blason.

La poitrine barrée par une cartouchière, il arborait désormais, comme tous ceux de l'Amarante, une longue barbe rectangulaire taillée avec soin. Une épée longue glissée dans le dos, il avait dégainé deux lourds pistolets et pris place entre le Discret et Drym, les deux ombres du commandeur.

Sous son lourd manteau de cuir noir, le fauconnier avait revêtu une armure de cuir légère, Silentz perché sur son épaule droite. Drym, lui, gardait son arme dégainée le long de la cuisse, les yeux fureteurs. Trente paladins de l'Amarante suivaient les trois hommes, qui eux-mêmes emboîtaient le pas à leur commandeur. La troupe avait franchi plusieurs barrages griffons avant de pouvoir emprunter une poterne qui menait à l'intérieur du castel.

Les sans-blasons se ruèrent au combat sans états d'âme. Ils cherchaient l'honneur dans la mort et ne s'embarrassaient plus des convenances stipulées par le code des paladins. Armés de fléaux, de haches ou d'épées, de fusils et de pistolets, ils plongèrent au milieu des combattants avec l'audace des sacrifiés.

L'apparition du commandeur dans son armure sacrée insuffla un regain de courage aux troupes harcelées dans les cours et les fortifications de la citadelle avancée. Le nom de Kyllion le Jeune fleurit sur toutes les lèvres, repris en chœur par les bardes qui sillonnaient les chemins de ronde.

Le mana inondait le fortin de lumière. Au sommet d'une tour, un mage vêtu d'une robe céleste en lambeaux flamboyait au milieu d'un pilier d'énergie qui montait vers le ciel en colère, entouré de blessés venus jusqu'à lui pour quérir le pouvoir bienfaisant de la magie hermétique avant de repartir au combat. Des traits lumineux fusaient des hauteurs pour inspirer épéistes et paladins. Des adeptes s'enfonçaient dans les mêlées de fer et de sang pour apposer leur glyphe de radiance sur l'épaule des justes ou marquer du sceau de l'infamie les nécromants qui tentaient de se glisser entre leurs lignes. De la paume des magiciens, les gemmes de Lumière se démultipliaient en synergies lumineuses pour bénir les archers et guider leurs flèches. Pour d'autres, acculés dans les sous-sols de la citadelle, elles aiguisaient le tranchant de leur lame afin qu'ils puissent combattre au côté des guerriers.

La magie perpétuée par l'Ordre de la Chimère flamboyait d'un bout à l'autre du castel.

Galvanisés par la présence du commandeur, les Lions crurent prendre le dessus. Freinées par l'intervention de Talsegur et de ses compagnons de l'Amarante, les goules ne parvenaient plus à soutenir les troupes régulières isolées du gros de l'armée par Dragan d'Orianth et ses chevaliers.

Cependant, les Lions n'étaient que des hommes en dépit de la Lumière qui éclaboussait le champ de bataille. Ils luttaient depuis plusieurs heures, ils avaient connu de petites victoires et autant de défaites, ils avaient vu des vétérans se relever d'entre les morts, ils avaient entendu le râle lancinant des blessés, ils avaient brisé leurs épées et ramassé celles de leurs compagnons défunts, ils avaient oublié l'odeur atroce qui s'élevait du sol… mais ils ne pouvaient taire plus longtemps la plainte sourde de leurs corps exténués.

Kyllion en prit conscience lorsqu'un jeune soldat s'affaissa juste devant lui sans raison apparente. Ce garçon n'avait pas vingt ans. Vaincu par la fatigue, il s'écroula contre un mur pour attendre la mort. Il avait combattu avec vaillance depuis le milieu de la nuit. À présent, il ne ressentait plus rien. Il n'entendait plus le fracas de la bataille ni même la voix du commandeur qui se penchait sur lui pour l'encourager.

Kyllion se redressa avec le sentiment diffus de ne pas avoir su écouter les conseils avisés de Syd le Cynwäll, d'avoir cédé à l'orgueil en sacrifiant les siens pour sauver quelques pierres qui ne méritaient pas autant de sang. Il embrassa la cour principale du regard et vit ce qu'il avait refusé d'admettre jusqu'ici : ses troupes étaient à bout. Depuis longtemps déjà, ces hommes auraient dû se replier à l'arrière du front, se reposer et oublier, le temps d'un repas, les morts en marche.

Lorsqu'il fut clair que Dragan d'Orianth avait pris, avant lui, l'initiative de conduire la retraite, Kyllion mit tout en œuvre pour lui faciliter la tâche et s'employa, avec les paladins de l'Amarante, à rendre plus aisé le repli de ses troupes. Étreint par l'émotion, il suivit le lent cortège des guerriers et des mages harassés qui s'infiltrait entre les pierres noircies et disparaissait par la brèche.

Le dernier, il quitta le castel en suivant le même chemin que ses guerriers.

# Chapitre XIX

Assiégé par les Wolfen et retranché au sommet de la tour du défunt Ferym Maloth, Syd avait tenu à s'incliner devant les vestiges nacrés du dragon et de sa maîtresse. La position des squelettes révélait cette tendresse infinie qui liait deux êtres d'exception. La dame-dragon s'était couchée entre les anneaux étirés de la créature, comme une enfant dans les bras de sa mère.

Syd leva la main et effleura la fine résille du Solaris qui protégeait les précieuses reliques. L'écho de la bataille lui parvenait assourdi à travers le dôme pâle. Un bref instant, il observa le ciel déchaîné avant de baisser les yeux sur Kaïber.

Le castel était aux mains de l'ennemi et les combats, désormais, se jouaient contre les flancs de l'immense muraille tenue par les Griffons. Syd distingua les cohortes fragmentées de blessés et de survivants d'Alahan qui se regroupaient derrière la Grise, le long de la faille. À l'ouest, au-dessus des ruines du Ponant, la montagne saignait en épaisses colonnes de fumée noire. L'armée ennemie s'étirait toujours aussi loin vers le nord malgré les pertes infligées par l'Alliance. La citadelle avancée était devenue un immense sépulcre où grouillaient les hordes ténébreuses. Il détourna le regard pour ne pas subir le spectacle des corps humiliés et invita l'Équanime à le rejoindre.

Soïm hésitait encore à franchir la dernière marche de l'escalier, intimidé par les reliques.

– Viens, ordonna le commandeur. Ta pudeur est inutile en de telles circonstances.

Le visage du moine se ferma. Il éprouvait un profond respect à l'égard des dragons. La spiritualité cynwäll apprenait à les considérer comme des frères, mais Soïm, lui, n'avait jamais pu admettre qu'un elfe puisse se comparer à de telles créatures. Appréhender la mort d'un dragon le terrifiait et le renvoyait à ses propres peurs. Ses maîtres lui avaient appris à considérer l'esprit bien au-delà des limites imposées par le corps, à se servir des préceptes de la Néosis pour concevoir la multiplicité des routes qui menaient à l'immortalité. L'Équanime, lui, redoutait le néant, la mort et ses silences.

Syd perçut distinctement le frisson de l'Échyrion et crut, un moment, que la magie du dôme avait troublé l'artefact. Du coin de l'œil, il vit Soïm reculer avec une expression soucieuse.

Il pivota lentement sur lui-même. D'inexplicables frémissements animaient le squelette du dragon. Dans l'axe de la colonne vertébrale, les anneaux se mirent à vibrer à l'unisson. L'éclat du dôme commença à s'atténuer. Le glyphe tombal, réputé inviolable, cédait sous la pression du Principe obscur.

Une brume grise et épaisse s'infiltra entre les créneaux. L'Équanime adopta spontanément une position de combat, les jambes légèrement écartées, les mains déployées à hauteur de la poitrine. Syd décela une conscience dans les volutes qui glissaient sur les dalles et recouvraient peu à peu le squelette de Ferym Maloth. Une odeur âcre planait autour d'eux et lui rappela celle de la chair brûlée qui s'élevait parfois sur les vestiges calcinés d'une ferme isolée.

Il fit signe à l'Équanime de reculer et s'approcha en dégainant sa lame. Il ignorait comment enrayer le rituel en formation et, dans un premier temps, tenta de percer la brume de la pointe de son épée. Le fer s'enfonça sans difficulté dans la brume qui continuait à avancer. Elle épousait peu à peu les courbes du squelette pour s'enrouler, comme des tentacules luisants, autour des os et de la colonne vertébrale. Lorsque Syd la vit s'étendre au crâne et s'infiltrer dans ses orbites, il utilisa l'Échyrion pour sonder la volonté tapie à l'intérieur. L'artefact se rétracta contre sa volonté, avant même que les doigts n'atteignent la surface. Syd avait ressenti un froid cuisant et maléfique, comme s'il avait tendu une main nue au-dessus d'un brasier de flammes noires.

Sur les pavés et les dalles du quartier cynwäll coulait un souffle qui prenait peu à peu consistance et incarnait le pendant ténébreux des flammes sacrées des dragons des cimes.

Son regard se porta vers les tours voisines. Partout, ce même souffle envahissait les ruelles et escaladait les murs pour violer les tombes. En vapeurs lourdes et avides, il rompait les sceaux apposés par les chevaliers-dragons et provoquait l'affaissement des dômes de lumière.

L'amertume et la colère arrachèrent à Syd un cri féroce. Le Mal humiliait une mémoire collective, les Ténèbres détruisaient des sépultures pour dévoyer d'illustres squelettes que chaque elfe, de Kaïber à Laroq, honorait dans ses méditations quotidiennes.

Achéron provoquait l'éveil des dragons morts.

Au même moment, la liche Sorokin était prostrée dans les ruines de l'Alderion. Le globe avait succombé à la puissance du rituel. Les parois de verre avaient explosé. Des casseaux à moitié fondus saillaient au milieu d'un bouquet de tiges métalliques tordues par l'impact. La pluie crépitait avec un bruit assourdissant sur le plancher mis à nu.

Le vent avait redoublé d'ardeur et emporté le mobilier. Cramponnée à l'éperon d'une poutrelle, Cyrael plissait les yeux pour tenter de distinguer Sorokin à travers les éléments déchaînés et les silhouettes de ses rejetons.

Agenouillés sur le bois détrempé, les Wolfen se tenaient par les épaules et formaient un cercle compact autour de la liche. La chair taillée avec tant de minutie par la nécromancienne se dissolvait à vue d'œil pour nourrir l'appétit redoublé de la créature. Les plaques d'armure flottaient sur leurs membres décharnés et leurs gueules, jadis profilées par l'instinct le plus pur, s'affaissaient sur leurs poitrines.

Sorokin de Vanth n'appartenait déjà plus au monde d'Aarklash. Son esprit marqué au fer noir venait d'ouvrir un portail vers Erebus, le plan central des Abysses. Sous les lambeaux de peau accrochés à sa cage thoracique luisaient les marques tracées par les ongles de Feyd Mantis, des entailles qui lui avaient permis d'entrouvrir ce portail pour rejoindre l'immense cité des plans infernaux, Pandémonium.

Sa conscience puisait à la source, dans les entrailles de Kaïan Draghost. Dans l'ombre du trône des arcanes qui dominait la cité, les mâchoires béantes du Dragon des Ténèbres libéraient les flammes d'une renaissance acquise au Principe obscur. La liche se transformait peu à peu en réceptacle consumé par le feu abyssal. Sa bouche s'était démesurément élargie pour relayer et vomir la semence de son maître sur les tours-dragons. Un flot intarissable montait à l'assaut des sépulcres pour balayer les glyphes de Lumière et corrompre les reliques sacrées.

Malgré les risques encourus, Cyrael quitta son refuge pour marcher vers Sarkhom. Le Wolfen était tombé à genoux à l'entrée de l'Alderion. La pluie ruisselait sur sa gueule dressée vers la voûte sombre des nuages. Sur ses cuisses nues reposait le visage de Kyrô.

Allongé à même le sol, le Cynwäll respirait faiblement, les yeux fermés. Il était la clé, celui par qui l'haleine méphitique de Kaïan Draghost avait pu briser les verrous elfiques qui condamnaient les tours-dragons.

Appuyée sur sa canne, Cyrael lutta pas à pas contre les bourrasques et finit par s'écrouler au côté de son plus fidèle serviteur. Sarkhom eut tout juste la force de soulever son bras pour le glisser sur l'épaule de la Blafarde et la serrer contre son cœur desséché. La nécromancienne se blottit contre lui et enfouit ses doigts dans les poils mouillés de son torse. Elle leva la tête et croisa son regard voilé. L'étincelle qui pétillait d'ordinaire dans ses yeux de braise avait disparu.

– Je suis là, mon enfant, lui dit-elle. Ne meurs pas. Pas maintenant.

Deux cents mètres plus loin, la dépouille de Ferym Maloth prenait vie au sommet de la tour. Les

Ténèbres s'étaient substituées aux subtiles articulations de l'épine dorsale afin qu'elle redresse le squelette et anime les dix-sept anneaux qui formaient l'ossature principale du dragon. Syd recula, les jambes fléchies, sans perdre de vue l'os profilé de la queue. Contracté comme le dard d'un scorpion, il avait raclé la pierre en profondeur. L'énorme crâne oscillait sous la pluie battante, à plus de dix mètres de hauteur. Une lueur olivâtre scintillait dans ses orbites creuses. Une lueur trouble, encore fragile, qui ressemblait à des feux follets.

Néanmoins, le Principe obscur peinait encore à contrôler le squelette en entier. Mus par un instinct de survie, les reflets de Lumière contenus dans ses os luttaient pour ne pas être absorbés. Un anneau se décrocha de la colonne vertébrale et se fracassa aux pieds du Cynwäll.

Le dragon s'ébroua pour se débarrasser de ces haillons de Clarté qui éveillaient une intense sensation de brûlure à la surface de ses os. Sa gueule s'ouvrit sur un cri muet, une vibration surnaturelle qui cristallisa la Lumière en particules dorées. Révélées et expulsées du squelette perverti, elles se dispersèrent dans le vent comme une poussière d'étoiles et scellèrent, par leur exil, la soumission totale de Ferym Maloth au Principe obscur.

Syd arma son bras. Il avait espéré, jusqu'au dernier moment, que le caractère sacré des reliques serait un rempart suffisant pour empêcher la liche d'exercer son contrôle sur lui.

Le mouvement amorcé par la queue lui prouva le contraire. Soudain, elle se propulsa dans sa direction et fendit l'espace qui les séparait à une vitesse inouïe. Surpris, il se jeta à plat ventre au dernier moment et put sentir le souffle de l'éperon dans ses cheveux. Il roula sur le côté et se rétablit contre un créneau sans avoir lâché son arme.

L'esquive du commandeur avait sorti l'Équanime de sa torpeur. À pas chassés, Soïm commença à se déplacer avec une lenteur étudiée le long du couronnement de la tour, les yeux levés vers la gueule du dragon.

Dressé sur toute sa longueur, ce dernier observait ses deux adversaires en ondulant au rythme des bourrasques qui s'engouffraient dans ses anneaux. L'aiguillon s'était stabilisé à hauteur d'homme et pivotait alternativement dans la direction du moine et celle du commandeur.

La queue se recourba. Soïm attendit l'ultime seconde pour ployer une jambe et arquer son torse. La pointe siffla devant lui et acheva sa trajectoire dans la pierre. Des esquilles d'os fusèrent et lui labourèrent les mollets. Il ignora la douleur et, avant que l'os ne puisse se retirer, il frappa sur l'articulation qui lui semblait la plus fragile. Paume contre paume, ses mains jointes s'abattirent avec la force d'un marteau de guerre et arrachèrent un rugissement grinçant au dragon.

L'aiguillon se déroba dans les airs avant que le moine n'ait pu frapper à nouveau. En temps normal, une telle attaque pouvait plier le métal d'une armure, mais rien n'était comparable à ces Ténèbres compactes qui sous-tendaient les os en mouvement. Soïm ne sentait même pas le sang qui dégoulinait sur ses chevilles et renonça à sauver l'enchantement mimétique qui opérait à la surface de sa peau. Il tituba en arrière et s'appuya contre un créneau pour reprendre son souffle et décrisper ses muscles tétanisés par le choc.

Syd avait mis à profit ce court répit offert par son compagnon pour se glisser à la verticale du dragon. L'aiguillon oscilla un bref instant au-dessus de sa tête comme le balancier d'une pendule et s'abattit comme la foudre.

Le dragon et le commandeur engagèrent un duel féroce.

Syd s'était entièrement coupé du monde extérieur, l'esprit focalisé sur les évolutions fluides de l'aiguillon qui heurtait la pierre en crissements stridents. Il anticipait les frappes du mieux possible et tentait, à chaque fois, de se dérober au tout dernier moment pour se laisser une chance de porter une contre-attaque efficace. Très vite, il comprit que sa lame n'avait aucune chance de blesser son adversaire. À deux reprises, elle avait rebondi sur les aspérités de la queue sans même y creuser la moindre entaille.

Il lâcha son épée et se servit de son bras gauche pour équilibrer les mouvements souples de l'Échyrion. Le dragon se méprit sur le geste de son adversaire. Même s'il percevait la magie qui imprégnait le bras du Cynwäll, il ignorait en quoi elle pouvait représenter un danger au-delà des apparences. Son expérience se limitait à celle que le Principe obscur lui avait inculquée dans les minutes précédentes. Il ne disposait pas des réflexes ni des souvenirs du défunt Ferym Maloth. Sa perception du monde était balbutiante et grossie par l'influence des Ténèbres.

Ses assauts se firent moins précis et plus audacieux.

La vélocité de l'Échyrion puisait autant à la source du Sphinx qu'aux réflexes du Cynwäll. Syd fit en sorte que l'éperon se perde dans les replis de sa cape et la déchire de bas en haut. Un bout d'os lui mordit l'épaule, un autre crissa sur le dragon sculpté qui ornait son épaule, mais il avait gagné une seconde précieuse, une toute petite seconde pour refermer la main sur la base de la queue. Les doigts de métal claquèrent comme les mâchoires d'un piège à loup et firent frémir le Dragon des Ténèbres.

Syd eut une pensée fugitive pour son maître d'armes et son enseignement de l'art premier, dont, bien des fois, il s'était moqué après coup en compagnie de son frère. « Maîtriser le chaos, le laisser imprégner votre volonté pour la rendre indéchiffrable. » Cette phrase guida sa trajectoire au moment où le dragon rétracta brutalement l'éperon enserré par l'Échyrion et lui offrit l'impulsion nécessaire pour bondir vers sa gueule. La trajectoire était la bonne mais l'élan insuffisant. Le temps d'un battement de cils, il crut pouvoir se rétablir sur son crâne. La serre de dragon racla contre les mâchoires et manqua sa prise.

La chute. Brutale et soudaine.

Il se vit tomber, il lui sembla même se détacher de son corps pour le regarder tomber. Il frôla le couronnement de la tour sans pouvoir l'atteindre et croisa le regard désespéré de Soïm. Il sentit sa jambe accrocher l'arête d'une lucarne et se déchirer dans une giclée de sang vermeil. En un ultime réflexe, il orienta ses épaules dans l'espoir d'amortir le choc avec l'Échyrion.

La douleur, atroce, déferla comme une lame de fond lorsque son corps percuta le sol.

Un voile rouge tomba sur ses yeux cendrés.

Il était mort.

# Chapitre XX

Les dragons-squelettes, vingt et un au total, étaient nés au cœur de Kaïber. En réponse, Caer Maloth s'était élevée dans le ciel avec majesté. Ses écailles fauves rutilaient à la lueur des torches et des feux qui crépitaient sur les remparts et les tours. Elle tournoya sur elle-même et poussa un rugissement qui couvrit la clameur des combats. Un cri rageur, un cri d'alerte qui appelait les dragons des cimes à quitter leurs sanctuaires pour affronter le mal logé au cœur des tours.

Au sol, la stupeur avait saisi les défenseurs. L'événement bousculait toutes les certitudes acquises depuis des siècles par les partisans de la Lumière. Des hommes rompirent le combat, le regard rivé vers les silhouettes menaçantes qui planaient au-dessus de la forteresse. Si les Ténèbres pouvaient s'emparer de l'âme des dragons, quel espoir leur restait-il ? La peur refit surface et tordit les entrailles. Certains renoncèrent au serment de l'Alliance et fuirent, sans un mot, en direction de la Porte des Justes.

Pour les Cynwälls, l'outrage valait comme un coup de poing, un poignard fiché en plein cœur. Malgré le spectacle visible dans le ciel, aucun ne parvenait encore à admettre que le Principe obscur ait pu ainsi violer et soumettre les reliques des dragons des cimes.

Dans les quartiers du Lion, les blessés qui affluaient du castel par centaines se remirent tant bien que mal sur leurs pieds pour obéir aux voix graves des paladins qui reformaient les rangs afin de désigner ceux qu'ils jugeaient encore aptes au combat.

Dans la Grise, la rumeur s'étendit comme une traînée de poudre. Le dos tourné à leurs quartiers, enfouis dans les entrailles de la muraille, de nombreux Griffons refusèrent de croire ce qu'ils ne pouvaient voir. La vérité, pour eux, se dressait devant et non derrière. La vérité s'incarnait en hordes damnées qui se déversaient à travers le castel, dans ces milliers de squelettes, de zombies et de goules qui s'élançaient depuis les positions tenues par les paladins noirs pour se répandre dans la grande muraille, dans ce flot noir et funeste qui ne se tarissait jamais et pressait sur tous les fronts pour balayer la résistance akkylanienne.

Les canons ne tonnaient plus. Le combat ne se jouait plus dans la vallée mais aux frontières des quartiers de l'Alliance, le long de la Faille que l'armée ennemie n'avait encore jamais franchie.

Artisans et enfants s'étaient calfeutrés dans leurs maisons pour laisser le champ libre aux chasseurs de Ténèbres et aux magistrats qui, la torche haute, cheminaient en petites unités à travers les ruelles et les escaliers pentus pour traquer goules et démons infiltrés. Dans leur sillage grinçaient les enseignes des échoppes auxquelles on pendait les damnés capturés vivants. L'Alliance voulait à tout prix contenir la panique qui s'insinuait, comme une fièvre maligne et contagieuse, à travers les volets clos et les portes les mieux scellées.

D'un bout à l'autre de Kaïber, le doute étreignait le cœur des défenseurs.

Des Wolfen zombies qui entouraient Sorokin de Vanth, il ne restait que des momies grotesques, figées dans la mort. La liche s'était nourrie, jusqu'à la dernière goutte, des Ténèbres de leur chair. Elle était prostrée sur le plancher de l'Alderion, les jambes ramenées contre la poitrine, les bras cerclés autour des genoux. Comme un enfant. Le suaire, trempé par la pluie, collait à sa peau et soulignait les angles décharnés de son corps.

Elle avait exprimé le souffle venu des Abysses, elle avait senti, dans sa gorge, l'haleine chaude et enivrante de Kaïan Draghost. Grâce à Kyrô dont elle avait peu à peu contrôlé la volonté sous les traits de son fils Melehän, elle avait permis à cette brume méphitique de balayer les sceaux du Solaris pour atteindre l'âme des dragons défunts et les faire renaître. À présent, elle commandait une armée : les vingt et un dragons-squelettes ondoyaient dans la tempête et faisaient face aux dragons des cimes menés par leur doyenne, Caer Maloth.

Cette confrontation imminente anima les vents d'une force sans précédent. Des rafales coupantes et glacées se levèrent dans les failles du Béhémoth et obligèrent les combattants à se cramponner pour ne pas être emportés dans les airs ou précipités au bas des tours. Les nuages libérèrent des trombes d'eau rageuses qui noyèrent Kaïber sous un déluge grondant et, en dépit des précautions prises par l'Alliance, menacèrent rapidement les sous-sols. Dans l'Atelier, les chronosiarches et leurs disciples pataugeaient déjà dans un centimètre d'eau et s'affairaient d'un bout à l'autre de l'immense bâtisse pour mettre à l'abri les précieux mécanismes hélianthes.

Les remous chaotiques de la primagie s'incarnaient dans les éclairs qui, de plus en plus nombreux, venaient s'abattre sur la forteresse et foudroyer sans distinction défenseurs et assaillants.

La Blafarde repoussa avec difficulté le bras inerte qui entourait ses épaules. Sarkhom venait de mourir. Elle ne supportait plus l'idée de demeurer ainsi, prisonnière de ce cadavre qu'elle avait aimé comme un fils. Elle avait cru pouvoir se résigner, se laisser mourir contre lui, mais le Principe obscur, lui, s'y refusait. Elle avait éprouvé à l'égard du Wolfen des sentiments interdits, des sentiments incompatibles avec sa nature corrompue.

Elle sacrifia plusieurs âmes enfermées dans les nodosités de sa canne pour s'arracher à son rejeton et trouver la force de marcher jusqu'à la liche. Elle progressa mètre par mètre, son bâton pour ancrage. Une bourrasque manqua de l'emporter, mais elle résista, les lèvres serrées par l'effort, les yeux aveuglés par la pluie qui cinglait son visage.

Elle s'immobilisa au-dessus de la liche et hurla pour se faire entendre. Sorokin de Vanth émit une plainte sourde et dressa une main pâle dans sa direction. Ses doigts nécrosés tremblaient lorsqu'ils se refermèrent sur le poignet de la vieillarde. Cyrael sursauta et s'offrit tout entière. La liche se délecta de cette conscience soumise, sans même songer à l'épargner. Sa soif de Ténèbres était telle qu'elle ne reconnut même pas celle qui l'avait révélée. Elle buvait pour étancher son âme écartelée, pour permettre à sa volonté d'exercer un contrôle total sur les dragons.

Elle fit ce que le conseil du Bélier attendait d'elle et divisa ses rejetons en deux. Dix dragons se portèrent sans attendre à la rencontre de Caer Maloth et de ses congénères afin de laisser aux onze autres le champ libre pour attaquer les troupes de l'Alliance. L'enjeu était clair : il fallait prendre les défenseurs en tenaille et empêcher le gros de leurs forces de prendre position sur les ponts disposés le long de la Faille. Feyd Mantis lui-même avait longuement insisté sur le danger d'un enlisement aux frontières des quartiers. « Nous pourrons raser une muraille, mais nous ne pourrons pas combler un gouffre. Sur les ponts, ils auront l'avantage. Nous devons nous répandre dans les quartiers. La bataille se jouera à ce moment précis. Si nous passons la Faille, nous vaincrons. »

De longues silhouettes d'albâtre fondirent aussitôt sur les abords de la Grise et s'engouffrèrent dans les ruelles sinueuses. Les unités reformées à la hâte par les paladins furent balayées. Les dragons-squelettes épousaient le tracé des rues à pleine vitesse en raclant le flanc des maisons et des tours. Des façades se fissuraient, des pierres se détachaient et s'écrasaient au sol. Les défenseurs qui tentaient de s'interposer étaient fauchés ou déchiquetés.

Le crâne effilé des dragons-squelettes se couvrit d'un masque de sang.

Le massacre venait tout juste de commencer lorsque, dans le ciel de Kaïber, Caer Maloth mena les siens au combat contre ses frères revenus d'entre les morts. Quelques secondes avant de plonger vers l'ennemi, elle songea à Vimras, son bien-aimé. Depuis de nombreuses années, la mélancolie était devenue son seul refuge. Son sanctuaire et son fardeau. En dépit des visites régulières de son fils Netzach, il habitait ses pensées, il lui parlait dans ses rêves. Elle dormait pour oublier le parfum tiède et musqué de ses écailles, le son velouté de sa voix qui lui murmurait à l'oreille l'histoire des hommes. Elle ne supportait plus de revoir le brasier de ses yeux, les pupilles dilatées par le désir. Consumée par la nostalgie, elle s'obstinait à fuir ce présent où il n'existait plus.

Les dragons des Ténèbres et de la Lumière se heurtèrent dans un fracas digne des dieux. Pour les guerriers de l'Alliance, le combat se dévoilait en fresques fugitives, des instants capturés à la faveur des éclairs qui flamboyaient sur les chaînes du Béhémoth. Les corps s'emmêlèrent, des écailles se disloquèrent sous la pression des dentures maléfiques, des épines dorsales furent happées et brisées entre des mâchoires acharnées, des épées maniées par les chevaliers-dragons détournèrent les trajectoires des éperons osseux… Il n'y eut bientôt plus de frontière entre Obscurité et Clarté. Les dragons formaient une masse compacte et mouvante éclairée de l'intérieur par le crachat des flammes.

Un dragon-squelette tomba brutalement de ce magma et s'écrasa sur un temple akkylanien. Adsylôm Maloth fut le suivant. Blessé à mort, il avait perdu son maître et ne parvint pas à freiner sa chute. Sanglé à sa selle, le chevalier-dragon avait expiré l'épée à la main et ne put empêcher son compagnon de dériver jusqu'à la Grise et de s'échouer, quelques dizaines de mètres plus loin, au milieu d'un groupe de charognards.

Kyllion le Jeune observait avec gravité les Cynwälls recouvrir délicatement la statue de l'Arkäll de fins tissus de soie. Pour la première fois, la jeune Sphinx allait devoir quitter l'écrin bâti à sa mesure par les Cynwälls.

Des mots cruels, des mots froids et douloureux résonnaient dans son crâne : « Je vous en conjure, nous devons abandonner la Salle des plans. » Il devait cette sentence à un hélianthe qui s'était exprimé d'une voix nouée par l'émotion. Il avait acquiescé en silence. Quelques minutes plus tôt, il avait déjà fait le nécessaire pour permettre à l'état-major de se retirer sous bonne escorte derrière les remparts du Cercle.

Le sort de Kaïber avait basculé. Il l'avait su à l'instant même où Ortho était entré dans la pyramide pour annoncer en personne que la Grise ne tiendrait qu'une heure de plus, après quoi il ordonnerait à ses unités de se replier.

Était-ce la folie ou l'amertume qui embrasait le regard du légat impérial ? Son vieil ami étreignait sa croix avec des gestes nerveux et discutait à voix basse avec les survivants de la garde prétorienne. Kyllion savait que l'homme considérait déjà cette bataille comme une terrible défaite. Il l'avait vu, quelques minutes plus tôt, éloigner ses gardes pour s'age- nouiller, seul, dans l'ombre d'un gradin et prier. La détresse lisible sur son visage l'avait profondément marqué, tout comme le spectacle des travées silen- cieuses.

Il perçut un murmure dans son dos et vit Silentz se poser sur l'épaule du maître fauconnier et replier ses ailes. Le Discret arborait une mine sinistre.

– Commandeur, les quartiers de nos alliés sont plongés dans le chaos.

Kyllion hocha la tête.

– A-t-il vu Dragan ? demanda-t-il. Et Talsegur ? Il est censé être là-bas maintenant.

– Le baron d'Orianth aurait rassemblé ses chevaliers dans la cathédrale.

– À l'intérieur ?

– Oui, commandeur. Il a été rejoint par Lys Mendkenn et une poignée d'Échaïms.

– Aucune explication ?

– Aucune.

– Et Talsegur ?

– Silentz ne sait pas où il se trouve. Ni lui ni aucun paladin de l'Amarante. Ils sont dans la Grise. Morts ou sur le point de l'être.

– Et la Grise elle-même ?

– Elle s'effrite de plus en plus vite. Tout le long, des unités font retraite et tentent de se regrouper le long de la Faille.

Les deux hommes baissèrent instinctivement la tête. Un choc sourd avait ébranlé les murs. Des filets de poussière dégringolèrent de la voûte et crispèrent les hélianthes qui achevaient de protéger l'Arkäll pour la conduire jusqu'au Cercle.

– Il ne reste guère que les quartiers cynwälls où l'ennemi ne se soit pas encore engagé.

– Il y viendra dès que cette pyramide tombera entre ses mains, marmonna Kyllion. N'as-tu pas une seule bonne nouvelle à me donner ?

– Une seule. Vous aviez raison, cette armée a une fin. Silentz a volé vers Achéron. L'arrière-garde ennemie est à nos portes.

Kyllion acquiesça d'un petit mouvement du menton. Il lui tardait d'être sur les remparts du Cercle et de pouvoir rétablir un commandement digne de ce nom. L'état-major ne fonctionnait plus. La chute annoncée de la Grise avait montré les limites de l'Arkäll et pointait du doigt les failles de la stratégie adoptée par l'Alliance. Depuis longtemps, on avait négligé la charte du Béhémoth et oublié que les Ténèbres pourraient un jour submerger le castel et la Grise. Un rire amer se perdit dans les poils de sa barbe. Il ne se souvenait même plus de la dernière fois où il avait consulté cette charte dans les salons de l'Exianthe. Un court instant, il s'imagina franchir la Porte des Justes et tourner le dos aux fumées grasses qui dévoraient Kaïber.

Il s'approcha d'une fontaine murale et s'aspergea le visage d'eau fraîche. Il fallait réagir sans penser au massacre qui se nouait dans ses propres quartiers et accepter, en partie, de remettre le destin de cette forteresse entre les mains des chevaliers-dragons.

Le bruit d'un cuir craquelé le tira de ses pensées. Drym s'était glissé jusqu'à lui.

– Commandeur, nous devons partir.

– Je dois d'abord m'entretenir avec Ortho.

– Commandeur, ils arrivent.

– Combien de temps ?

– Si nous attendons, je ne garantis plus votre sécurité. On se bat sur les ponts de l'Ancien.

Les ponts constituaient les rares points de passage qui reliaient la Grise aux premières rues des quartiers de l'Alliance. Ceux de l'Ancien constituaient deux voix parallèles dans l'axe de la Salle des plans. Baptisés ainsi en souvenir de son père.

– Tant pis. Assure-toi que l'Arkäll parte immédiatement.

Kyllion fendit le rang des gardes prétoriens, attrapa Ortho par l'épaule et l'entraîna à l'écart.

– La décision finale vous appartient, mon ami. Ce sont vos troupes. Je me rangerai à votre avis.

Le légat impérial croisa les bras et inclina son visage.

— Si nous tenons sur les ponts, les dragons-squelettes risquent de nous décimer. Ils veulent à tout prix nous faire renoncer à la Faille et nous obliger à reculer dans nos quartiers.

— Nous le savons depuis longtemps. Si nous transformons les ponts en goulets, ils ne passeront pas.

— Les dragons, Kyllion… Ils n'attendent que cela. Des barricades seront des proies faciles pour eux. Nos troupes seront exposées. Cela peut tourner au massacre. Cela dit, je peux le faire. Mes conscrits et mes fusiliers dans les contreforts du Levant pourraient installer une défense solide sur les trois ponts de l'est. Pour les autres, je ne peux faire que des suppositions. Dieu seul sait combien d'entre eux parviendront à s'échapper de la Grise. Je ne vois qu'un seul problème. Désormais, notre destin repose entre les mains des Cynwälls.

— Prenons le risque. Je leur fais confiance.

— Alors que leur commandeur a disparu ?

— Les dragons des cimes viendront bientôt nous prêter main-forte.

— Eux seuls peuvent empêcher que les ponts deviennent un tombeau pour mes troupes, vous en avez conscience ?

— Et eux seuls peuvent vaincre les dragons des Ténèbres, rétorqua Kyllion.

Ortho hocha la tête et leva les yeux sur les lézardes de la voûte.

— Comment tout cela a-t-il pu arriver, mon ami ? demanda-t-il.

— Pour le savoir, nous devrons vaincre.

# Chapitre XXI

Il se souvint qu'il était heureux ce soir-là, qu'il l'avait pensé et même écrit, comme s'il avait peur de l'oublier, au bas du parchemin qu'il rédigeait avec application pour maître Thalsö. Juché sur deux gros coussins de velours pour pouvoir se tenir droit dans le fauteuil de son père, il travaillait à son bureau et, par ses yeux d'enfant, jetait régulièrement des coups d'œil en direction de ses parents installés devant la cheminée.

Elle, sa mère, lisait à son père des poèmes courts que Syd ne comprenait pas très bien mais qui semblaient le séduire. Kyrô écoutait et souriait. Par moments, il rabattait une mèche rebelle qui masquait le visage de sa femme. Elle l'embrassait. Plus loin, près d'un grand miroir en pied, Melehän enfilait de vieilles défroques pour tenter de ressembler à un magicien et mimait, devant la glace, des gestes larges en fronçant les sourcils pour se donner un air digne.

Syd avait aimé ce moment précieux, hors du temps. Presque trop, même. Il avait eu peur, soudain, que cet horizon redouté qui barrait le nord puisse un jour s'avancer comme une mer en colère et engloutir les siens.

Il ne parvint pas à ouvrir les yeux et gémit. Un bref instant, la douleur s'était concentrée dans sa poitrine et dans sa cuisse avant de refluer brutalement. Il palpa son corps et ne sentit rien. Pas même le sang qu'il avait vu couler en abondance le long de sa jambe. Ses paupières frissonnèrent.

Il était assis à ce même fauteuil dont le souvenir l'avait effleuré quelques secondes plus tôt. Des braises rougeoyaient dans la cheminée. Ses parents et son frère étaient absents, le silence oppressant.

Une silhouette se profila dans la pénombre et s'avança à la lueur des braises. Un vieil homme courbé, à la peau craquelée, le menton et les joues couverts d'un poil dru et gris. Il portait une pèlerine grise dont il avait rabattu le capuchon dans son dos. Un symbole que Syd ne connaissait pas était peint sur son crâne et émettait une lueur bleutée.

– Je m'appelle Lô. Puis-je m'asseoir ?

Décontenancé, Syd lui montra une chaise. Sa voix était limpide, en décalage avec son âge avancé. Une voix claire et posée.

Le dénommé Lô s'installa et se pencha pour saisir le parchemin posé devant lui, sur le bureau.

– « Je suis heureux », cita-t-il avec un sourire. Ce sont tes mots, n'est-ce pas ?

– Je suis mort ?

– Tu n'as jamais été aussi vivant.

– Qui êtes-vous ?

– Un messager.

– De qui ?

– De ceux dont tu as attiré l'attention.

– Pas de mystère, vieil homme. Si je suis vivant, je dois me battre.

Syd voulut se lever mais fut incapable de remuer les jambes.

— Le temps, ici, n'a pas la même valeur qu'au-dehors.

— Où sommes-nous ? Réponds !

— En toi, Syd.

— Vous êtes un rêve…

— Peut-être.

— Qui vous envoie ?

— Les dieux.

— Les Cynwälls n'en honorent aucun.

— Cela n'empêche pas les dieux de s'intéresser à eux.

— Nous sommes libres, nous ne leur appartenons pas.

— La vie est une liberté, Syd. La tienne comme toutes celles qui vacillent à la surface d'Aarklash. Mais vous ne décidez pas de tout.

— Que voulez-vous ?

— T'aider. Éclaircir avec toi ce chemin qui mène à Kaïber.

— Tout est clair à mes yeux.

— Mais non. Il y a en toi un mystère…

— L'Échyrion ?

— Il a toujours été question de lui. De l'interdit brisé par ta mère pour te sauver, des fondations du peuple cynwäll. Par toi et de toi s'exprime une voie nouvelle, une alternative dangereuse et incertaine. Esneh, votre Guide, t'a choisi pour ouvrir un chemin périlleux. Pour faire en sorte que tes actes démontrent que les secrets précieusement conservés dans les monastères de Lane-ver doivent être levés pour témoigner de l'engagement total des Cynwälls dans le Rag'narok.

— Pourquoi a-t-il besoin de moi ?

– Pour initier ce nouvel âge dans l'histoire de ton peuple. Rien n'est encore écrit. Cela sera possible si tu parviens à sauver Kaïber. Les dieux infléchissent le destin des peuples dans d'infimes proportions. Aujourd'hui, je suis venu à toi afin d'offrir à l'Alliance une chance d'inverser le cours de l'histoire.

– Que dit l'histoire ?

– Les Chroniqueurs ont annoncé la chute de Kaïber mais pensent qu'il subsiste un doute. Toi, Syd. Ton incarnation doit s'accomplir. En ce moment précis, tu gis dans ton sang, au sommet de cette tour où tu as défié le dragon-squelette. Soïm pleure sur ton corps. Nelphaëll a survécu. Elle est blessée et elle monte l'escalier pour vous rejoindre. Maintenant, approche.

Syd se leva, contourna le bureau et s'immobilisa devant le vieil homme.

– Qui sont ces dieux qui veillent sur les Cynwälls ?

– Seuls les Néosiens sont en droit de le savoir. Prends ma main. Incarne-toi.

*Un éblouissement.*

*Il flotte sous la voûte d'une crypte aux dimensions cyclopéennes, soutenue par d'imposantes colonnes torsadées. Il n'a pas conscience de son propre corps, il est simplement là, dans cette salle qui appartient au passé, sous la forme d'une pensée brute et éclairée par le savoir des dieux. Un temps désemparé, il se sait libre d'évoluer à sa guise et se dirige vers une lueur qui éclaire les profondeurs de la crypte.*

*Il discerne la nature du sol, une terre ocre marquée de sillons qui convergent tous dans la même direction. La lueur est en vue. Elle émane des milliers de chandelles que brandissent des esclaves enchaînés* aux colonnes. Au milieu de cette foule se dresse une assemblée restreinte qui ondoie en rythme.

Des Serpents.

Dressés sur leur queue, leurs bras humanoïdes repliés dans le dos, ils entourent un autel de marbre noir où se contorsionne l'un des leurs. L'Ophidien qui retient leur attention est enroulé dans des draps blancs souillés. Il siffle, hurle et se débat en proie à d'effroyables tourments.

Syd glisse au milieu des silhouettes écailleuses revêtues d'armure saphir. Il entend la vibration hypnotique de leurs langues bifides et le crissement de leurs reptations.

L'Ophidien agonise sous l'effet d'une mutation incontrôlable. Syd voit les écailles se soulever sous la pression d'étranges excroissances jaunâtres, la langue pendre sur le côté, sectionnée à moitié, les dents grossir et s'allonger en se déformant les unes contre les autres. La souffrance a atteint son paroxysme. Un pus brunâtre suinte là où les écailles cèdent, tombent et se perdent dans le repli des draps.

La maladie accomplit son œuvre. Elle a choisi sa victime au hasard, elle s'est glissée en elle sans prévenir. Elle s'est déclarée en moins de six heures et s'est nourrie des Ténèbres qui irriguent son corps pour le faire muter et s'emparer de son âme.

Le Serpent a lutté jusqu'au bout pour retarder la mutation et résister aux assauts de la Lumière. Il a le sentiment de s'élever vers le soleil, d'être consumé de l'intérieur par les rayons de Lahn. Il a voulu s'empoisonner avec son propre venin, mais l'élixir de la Clarté l'en a empêché et l'a sauvé, lui, l'Ophidien, d'une mort foudroyante.

*Syd s'est placé à la verticale de l'autel et comprend que la mue opère sous ses yeux.*

*Le reptile devient dragon.*

*Plus tard. Il constate qu'il n'a pas bougé, qu'il flotte toujours au-dessus de l'autel. Seulement, des mois, peut-être même des années, ont passé.*

*De la crypte, il ne reste que des ruines. Les plafonds se sont affaissés par pans entiers, des colonnes brisées gisent sur le sol. De terribles combats se sont déroulés en ces lieux. Il le sait, il le voit aux squelettes qui gisent par centaines au milieu des débris, aux taches brunes qui constellent la pierre, aux armes étranges brisées ou fichées dans la terre.*

*Il entend soudain des pas, légers et furtifs. Dans la pénombre, il devine un petit groupe qui progresse dans les ruines. Il se dirige vers lui et se sent attiré par le guide qui ouvre la marche : une femme, une Sphinx dont il ne peut voir le visage dissimulé sous un masque d'écorce. Dans le creux des joues se devine le sillon séché d'une larme de sève.*

*Avec ses compagnons, elle fouille les décombres désertés par les guerriers. Ses pensées parviennent jusqu'à lui en bouffées tièdes et éparses. Il perçoit sa compassion, son impatience, ses espoirs, son amertume aussi. Elle cherche la Lumière et la vie, elle cherche les soupiraux qui affleurent au pied des colonnes.*

*Par elle, Syd comprend que la crypte est un Lazarium, que les piliers s'enfoncent dans le sol et que leur partie immergée abrite des cellules d'isolement. Elle vient pour sauver ceux que la guerre a oubliés. Elle vient pour ces Ophidiens malades et contrefaits, ces dragons inachevés et difformes qu'elle espère extirper de leur prison, soigner et peut-être même sauver afin que la Lumière achève son œuvre.*

*Elle se faufile entre deux pans de pierre et se penche sur une étroite ouverture. Elle a senti une présence, un souffle ténu. Ses yeux scrutent les ténèbres et finissent par découvrir une créature qui ne bouge pas mais qui respire encore. La faim et la souffrance l'ont plongée dans une profonde léthargie, au seuil de la mort.*

*Les Sphinx descellent le soupirail et s'engagent à l'intérieur de la cellule. Syd veut les suivre lorsque la lumière, à nouveau, explose et noie la scène dans une flaque blanche et aveuglante.*

*Ses paupières se soulèvent et dévoilent un atelier à l'atmosphère enfumée. D'étranges appareils cuivrés murmurent dans la pénombre et réfractent l'éclat d'une lanterne suspendue au plafond. Une femme, celle qu'il a distinguée dans les vestiges de la crypte, caresse les flancs d'une créature monstrueuse disposée sur une table ovale en métal, un Serpent qui n'a pas achevé sa mutation et présente de hideuses déformations. Il le reconnaît lui aussi, il a vu, sur l'autel, les souffrances qu'un corps ophidien pouvait endurer à l'éclat de la Lumière.*

*Les difformités ont pris de telles proportions que la Clarté n'est plus en mesure d'agir pour relancer le processus de mutation. La Sphinx n'a pas renoncé pour autant. Ses doigts fins et délicats s'immiscent entre les boursouflures du crâne pour atteindre la surface luisante du cerveau et établir un contact.*

*La catalepsie a levé des brumes épaisses autour de l'âme du Serpent, mais il y a cette clarté diffuse, comme une lanterne perdue au milieu du brouillard, cette empreinte indélébile de la Clarté qui la guide et la rassure.*

*Elle sauve l'Ophidien. Elle sauve son âme écartelée entre Lumière et Ténèbres, aux couleurs d'un crépuscule, et l'arrache à ce corps supplicié.*

*Sur la table en acier, le Serpent se décompose tandis que la Sphinx, avec d'infinies précautions, recueille son essence pour la fossiliser.*

*L'Utopie du Sphinx ne tolère aucune extinction du Principe de la Clarté, et ce quelle qu'en soit l'origine. Elle sait que l'artefact sera instable, qu'il existe un risque, si mineur soit-il, que le Patriarche se reconstitue.*

*Avec l'aide de ses disciples, elle recueille l'essence dans un écrin magique et commence à reporter sur de grandes feuilles de parchemin les premières esquisses du futur réceptacle. Il aura la forme d'un bras armé, semblable à cette longue pièce d'armure d'acier et d'ébène qui couvre les mains et les épaules des guerriers d'élite. Une pièce qui porte un nom : Échyrion.*

*Le nom de l'artefact formulé par les lèvres fines de la Sphinx provoque la soudaine disparition de l'Atelier. Syd ferme les yeux de peur d'être ébloui. Pourtant il n'y a que la nuit, désormais. Une opacité chaude et infiniment douce avec la sensation d'être protégé de tout.*

*L'incarnation s'accomplit.*

*L'unité spirituelle du Cynwäll se fragmente en éclats de Lumière, dissociée de ce corps brisé qui gît au sommet d'une tour-dragon. Il est bébé… puis adolescent. Il redevient enfant… il est adulte. Le phénomène échappe à sa compréhension. Des mains divines pétrissent son âme, ses sentiments et ses sou-*

venirs comme de l'argile pour esquisser peu à peu une sculpture qui prend forme dans le néant.

Une sculpture de son essence, de son corps désormais incarné.

Il ne souffre pas bien que des bouts d'argile se dispersent et sèment des fragments de son être à la surface d'Aarklash et des Royaumes élémentaires pour devenir des Élixirs. Il entrevoit des lieux, des objets et des êtres qui sont autant de points d'impact.

Un fragment se loge dans la jambe de bois, gravée et usée par le sel, d'un capitaine de navire, membre influent de la guilde des Nochers de Cadwallon, un autre se répand dans les fils d'une immense toile d'araignée tissée entre les branches hautes d'une cité akkyshane. Le suivant s'engouffre dans les tuyères encrassées d'une vieille armure hydraulique. Il y en a d'autres, trop rapides, qui lui échappent et disparaissent aux frontières élémentaires. Cependant, il voit nettement le dernier, alors que les mains divines semblent relâcher leur pression sur son âme. Un infime fragment, une larme qui perle à l'œil d'un Serpent.

L'incarnation s'achève. Il sait qu'elle l'a privé d'une partie de lui-même, qu'elle en a révélé une autre, qu'il peut enfin oublier ses regrets et ses haines, que l'Échyrion est non seulement un artefact du Sphinx, mais également une prison qui renferme l'âme d'un Ophidien, que le ou les dieux qui se sont penchés sur son avenir se sont en réalité servis de lui pour provoquer l'éveil d'un peuple et le forcer à quitter le domaine de l'esprit pour celui de la terre, du sang et des cendres.

Il se sent libre. Libre d'oublier la mort de Melehän, la trahison d'un père et la déchéance d'une mère.

*Libre de vivre et d'assumer cette ambiguïté entre Clarté et Ténèbres que lui confère la serre de dragon, libre de recommencer sa vie. La forteresse de l'Alliance a été sa matrice.*

*Désormais, il sera Syd de Kaïber.*

# Chapitre XXII


Kyrô reprit conscience sous la pluie, dans les ruines de l'Alderion. Il ne gardait qu'un souvenir confus des dernières heures. Il avait été mené jusqu'ici par la volonté de la liche et avait parfaitement conscience d'avoir été utilisé comme une clé. Il vacilla sous le poids de sa culpabilité. Il avait caché le mal au cœur de la forteresse, il l'avait laissé grandir et corrompre le tombeau d'un dragon des cimes, il avait été soumis pour lever les sceaux cynwälls… Par sa faute, il avait ouvert les portes du royaume d'Alahan à la Dixième Baronnie.

Il happa quelques gouttes dispersées sur ses lèvres pour étancher la sensation de sécheresse qui brûlait sa gorge et bascula lentement sur le flanc. L'ascendant pris par la liche avait engourdi son esprit et ses membres, mais il ne détectait plus sa présence dans son corps.

Il contempla, avec dégoût, le Wolfen agenouillé à son côté. Sa tête avait reposé sur la cuisse putréfiée du zombie défunt. Il ne fit rien pour réprimer son haut-le-cœur et cracha de la bile pour soulager son estomac révulsé. Il entendit vibrer les tiges distordues de l'Alderion sous les rafales de vent et sentit un froid mordant le transpercer sous sa tunique détrempée. Grelottant, il se redressa sur les genoux et posa les yeux sur la liche.

Elle était allongée au milieu d'un cercle de cadavres wolfen, les bras jetés autour du cou de la nécromancienne. Dans son torse creusé par la nécrose, il pouvait distinguer le cœur, un organe desséché et prisonnier d'une gangue filandreuse tissée par les Ténèbres. Un éclair fit miroiter, dans l'opacité de son châle, des yeux violâtres veinés de noir.

Pourquoi avait-elle déserté son esprit ? La réponse résonnait peut-être dans le ciel. Une rumeur assourdie qui couvrait le vacarme de la tempête en rugissements féroces et gutturaux. Kyrô serra les poings. Caer Maloth se trouvait probablement là-haut…

Il essaya de se relever sans succès. Ses jambes se dérobèrent, trop faibles pour le porter. Il se mit à ramper, le visage crispé par l'effort, en direction des deux créatures enlacées. Il progressa d'un mètre, puis de deux, avant de poser la joue sur le plancher, incapable d'aller plus loin. La liche l'avait vidé de sa substance.

L'Alliance préparait activement la résistance sur les neuf ponts de Kaïber qui défendaient l'accès aux quartiers. Des vétérans akkylaniens avaient quitté les contreforts du Levant pour opérer une percée fulgurante à travers l'armée ennemie qui se répandait dans la Grise et réaliser une jonction audacieuse avec toutes ces unités qui, sur ordre du légat impérial, abandonnaient leurs positions pour se retrancher sur les ponts de l'est.

Sur toute la longueur du gouffre, dans les bâtisses qui s'élevaient aux abords de la Faille, des fusiliers se répandaient à travers les étages et s'installaient aux fenêtres. À l'aide de leurs crosses, ils déchiraient les panneaux de corne, ouvraient les lucarnes et calaient leurs armes dans les ouvertures pour tenir les ponts dans leur ligne de mire. Des salves sporadiques couvraient les derniers conscrits qui s'échappaient de la Grise.

Derrière les charrettes renversées, les ballots et les tonneaux qui s'empilaient en barricades de fortune, les troupes régulières entonnèrent spontanément des hymnes religieux à la gloire de Merin, bientôt repris par le rythme lancinant des tambours de guerre. Munis de masses en forme d'encensoirs, les musiciens sillonnaient les remblais dans un sillage de vapeurs musquées. Peu importait les voix cassées par la peur ou la douleur, la plainte des vents ou le grondement de l'orage, seule comptait la puissance de cette clameur exaltée qui ravivait le courage des plus faibles.

Les elfes s'étaient joints aux Griffons pour défendre les ponts jumeaux de l'Ancien. Les maîtres équanimes avaient soufflé la poussière accumulée sur de vieilles clés de bronze pour fermer les portes de leurs monastères et guidaient leurs disciples au combat. Ils convergèrent jusqu'au front en files silencieuses et se mêlèrent aux soldats des premières lignes. Leurs visages ascétiques reflétaient une sérénité troublante, presque irréelle dans l'atmosphère confuse et fervente des rangs akkylaniens.

Dans l'Atelier, Horlënn orchestrait le ballet inépuisable des artisans hélianthes. Les pieds dans l'eau, ils travaillaient sans relâche sur les épaves ramenées du champ de bataille. Des disciples risquaient leur vie pour diagnostiquer, au cœur des combats, les dommages d'un construct et juger, en un clin d'œil, s'il devait être rapatrié à l'arrière pour y être sauvé. Les forges grondaient à plein régime pour remodeler les cuirasses bosselées et déchirées par l'ennemi. Des chronosiarches fouillaient les précieuses entrailles pour intervenir sur les mécanismes faussés et remettre les cœurs minéraux en marche à la lumière du Solaris.

Un sursaut de rage et d'orgueil avait saisi les rangs contrastés de l'Alliance.

Pour la première fois, Ortho et Kyllion priaient côte à côte, dans la cave d'une vieille maison. Un moment rare et privilégié, à la lumière d'une torche fichée à même le sol, entre deux pierres moisies. L'un et l'autre savaient que les dragons des Ténèbres et de la Lumière luttaient pour le destin de Kaïber. Si ceux des cimes l'emportaient, alors l'Alliance aurait une chance de tenir la Faille. Dans le cas contraire, elle devrait être abandonnée et les troupes repliées sur le Cercle, l'ultime rempart de la forteresse.

Les dragons des cimes avaient remporté une première victoire sur les dix dragons-squelettes lancés à leur rencontre par Sorokin de Vanth L'expérience et la sagesse l'avaient emporté sur les assauts instinctifs et maladroits des nouveau-nés de l'Obscur.

L'un d'eux, pourtant, était parvenu à s'échapper vers le nord, sur ordre de la liche. De son vivant, Salmein Maloth avait fait preuve d'une sagacité redoutable sur le champ de bataille, il avait su anticiper la volonté du Mal et prodiguer de précieux conseils aux Cynwälls. Quelques années avant sa mort, son grand âge lui avait valu les honneurs du Guide et une invitation à Laroq, où, selon toute probabilité, il devait finir ses jours. Il avait refusé et s'était éteint paisiblement à Kaïber dans l'aube froide d'un hiver, la neige pour linceul.

Au cours du rituel, Sorokin de Vanth avait éprouvé de sérieuses difficultés à insuffler les Ténèbres dans les vieux os du dragon. Le squelette s'était ébranlé après plusieurs tentatives infructueuses pour se révéler, en définitive, le plus docile et le plus puissant d'entre tous. Le Mal s'était délecté des vertèbres rongées par le temps. Par deux fois, Salmein Maloth avait arraché un chevalier-dragon de sa selle pour le porter à sa gueule et le broyer entre ses mâchoires. Néanmoins, il refoula ses instincts lorsque l'appel de la liche retentit dans son crâne et rompit l'engagement pour fuir vers la Dixième Baronnie. Un dragon des cimes tenta de s'interposer et se lança à sa poursuite. Séparées par une vingtaine de mètres, les deux créatures entamèrent une course-poursuite effrénée dans les quartiers de l'Alliance. Salmein Maloth suivait des trajectoires erratiques. Il s'élevait brusquement au-dessus d'un toit avant de replonger dans l'obscurité d'une venelle, il se faufilait sous des arcades et rasait les murs en soulevant des nuages de poussière. Des torches s'éteignaient sous le souffle de son passage, des passerelles s'affaissaient, des défenseurs étaient déchiquetés. Dans un éclair de lucidité, il identifia un bâtiment plus fragile que les autres dans une rue étroite et se rua délibérément contre la façade. Le choc l'étourdit. Il sentit l'haleine brûlante du dragon des cimes dans son dos et se dégagea d'une violente torsion. La maison s'affaissa juste derrière lui dans un grand fracas et piégea son poursuivant. Les lourdes pierres de Kaïber roulèrent sur les flancs écailleux du dragon et le plaquèrent brutalement au sol. Des flammes rageuses grondèrent dans sa gueule. Salmein Maloth était déjà loin, en route vers le nord où, peu à peu, la volonté des patriarches damnés prit le relais et se substitua à l'empreinte faiblissante de la liche.

Un soupir de soulagement mourut entre les lèvres craquelées de Sorokin de Vanth. Son regard se posa en contrebas. Il savait déjà que le tournant de la bataille venait d'avoir lieu, qu'en se séparant de Salmein Maloth il se résignait à rameuter les onze dragons des Ténèbres qui avaient perpétré un carnage dans les ruelles voisines. Ces derniers répondirent aussitôt à l'injonction de leur maître et s'élevèrent dans les airs pour se regrouper autour de l'Alderion. Leurs squelettes cramoisis par le carnage se stabilisèrent autour des ruines sans s'émouvoir des flèches et des balles qui sifflaient autour d'eux.

Syd se releva péniblement et constata que ses blessures avaient disparu.

Il était vivant et incarné. Par la volonté d'un dieu.

Il se trouvait à l'endroit exact où il s'était écrasé, dans une ruelle déserte qui longeait le flanc nord de la tour-dragon. Il leva les yeux et observa, un bref instant, le combat titanesque livré dans le ciel par les dragons. Il avait pleinement conscience du rôle qui lui revenait et se mit aussitôt à marcher en direction d'une rotonde où il avait l'habitude, étant jeune, de discuter avec ses maîtres. Le lieu servait de refuge aux amoureux et offrait une vue imprenable sur le sud, en particulier lorsqu'un rayon de Lahn parvenait exceptionnellement à franchir le rideau des nuages et à dévoiler la vallée d'émeraude de la baronnie d'Algérande.

Syd gonfla sa poitrine et poussa un cri qu'il avait ravalé depuis des années. Un cri que son père lui avait appris, un cri que chaque écuyer-dragon se devait d'apprendre pour espérer devenir chevalier, un cri que seuls les Cynwälls pouvaient imiter. Amplifié et aiguisé par l'Échyrion pour couvrir l'écho de la bataille, l'appel fut perçu par Caer Maloth. Quelques secondes plus tard, son corps rutilant se détacha de la mêlée et plongea vers le sol pour venir se stabiliser à hauteur de la rotonde.

Syd grimpa sur la selle et serra fermement la longe de cuir rouge entre ses mains. Le dragon et son cavalier grimpèrent aussitôt vers les nuages pour rassembler les dragons des cimes dans leur sillage. Quatre d'entre eux étaient orphelins. Seuls deux chevaliers-dragons et Myldiën le Sensé étaient encore en selle pour combattre aux côtés de leur commandeur.

Syd savait qu'une nouvelle bataille rangée anéantirait les derniers espoirs de l'Alliance. Il fallait frapper à la source, tenter l'impossible pour se frayer un passage jusqu'à la liche et mettre en œuvre le legs ambigu de l'Échyrion : le typhonisme. La magie noire, la magie corrompue par la nécromancie vivait désormais en lui au même titre que la Lumière. Le vieil homme envoyé par les dieux lui avait fait découvrir la conscience fragmentée de l'Ophidien. Syd ne connaissait presque rien de ce Serpent, pas même son nom. Fossilisé dans l'artefact, il jetait une passerelle troublante entre les Principes de la Clarté et des Ténèbres, il offrait à son maître l'opportunité d'employer la magie de ses ennemis.

— J'attends de tes frères un sacrifice, dit-il en se penchant à l'oreille de Caer Maloth.

— Les dragons t'obéiront, fils de Kyrô.

— Qu'ils mettent tout en œuvre pour que toi et moi puissions être à portée de la liche.

Un soupir vaporeux s'échappa des naseaux du dragon.

– Caer Maloth souffre. Trop peu des siens rêveront encore demain.

– Ils sont onze, nous sommes sept. Tes frères sont trop faibles, nous n'avons aucune chance. Je dois atteindre la liche.

– Syd a changé. Les dieux l'ont marqué et révélé l'ombre de son sang. Caer Maloth doute.

– Lance les tiens à l'assaut de l'Alderion, dit Syd d'une voix sourde. Maintenant.

Les écailles de Caer Maloth frémirent à l'unisson au moment même où les portes de la Grise s'ouvraient comme les vannes d'un barrage pour libérer les hordes démoniaques.

Le Discret s'était assis à l'extrémité d'un banc, au côté d'un jeune conscrit au teint hâve. La jambe sectionnée à hauteur du genou, le jeune homme observait le fauconnier avec le sourire d'un condamné en serrant avec force le garrot qui retardait son agonie. Aldenyss prit la main du garçon dans la sienne et ferma les paupières pour voir par les yeux perçants de Silentz.

Sa respiration se bloqua. Le rapace avait glissé sur une bourrasque pour prendre de l'altitude et observer l'avancée de la horde ténébreuse sur les neuf ponts de Kaïber.

En préambule, les fusiliers ouvrirent un feu nourri. À l'est, les balles fauchèrent les premières lignes comme une gifle d'acier. Gueules et crânes perforés, les zombies et les squelettes s'écroulèrent ou basculèrent au-dessus des parapets. Les salves akkylaniennes freinèrent les vagues putrides vomies par la Grise mais ne purent les empêcher d'atteindre les barricades. Pour un squelette déchiqueté par le plomb et l'acier, il en venait dix ou vingt de plus que l'empreinte des nécromants poussait à avancer pour atteindre le rang serré des défenseurs.

Sur les ponts de l'Ancien, sous le regard médusé des conscrits, quinze vieillards et leurs disciples équanimes avaient enjambé les barricades pour se porter à la rencontre de l'ennemi. L'image se grava dans l'esprit du Discret. D'un côté, ces elfes vénérables vêtus de robes sombres et mouvantes, des sages qui avaient transformé leurs corps en armes mortelles et qui formèrent, sous la pluie, un ballet martial et silencieux. De l'autre, une meute grouillante, haineuse et fusionnelle de créatures dégénérées qui marchaient à pas lourds.

Les Cynwälls se laissèrent engloutir par la horde pour la foudroyer de l'intérieur. Les moines devinrent des ombres insaisissables, plus dures que l'acier, plus souples que la soie. Sur leur passage, les os se rompaient comme des brindilles, les membres se tordaient, les cous se brisaient.

Silentz s'était éloigné et survolait à présent les ponts de l'ouest. Les conscrits y luttaient dans une mêlée indescriptible et reculaient mètre après mètre sous les coups de butoir assénés par les guerriers-crânes. Les âmes des justes mouraient par dizaines sur le tranchant de leurs lames maudites. Les épées à deux mains fracassaient boucliers et armures, broyaient les gorgerins et décapitaient les réguliers. Les défenses de l'Alliance se rompaient devant les champions des Ténèbres. Les cornes de noirceur scintillaient d'une lumière blafarde, comme des phares maléfiques, pour enjoindre aux zombies et squelettes d'avancer et de s'engouffrer dans les brèches ouvertes par leurs seigneurs. Des conscrits terrorisés préféraient se jeter dans le vide, d'autres se laissaient choir dans les mares de sang et se recroquevillaient sur eux-mêmes.

Les trois ponts de l'ouest cédèrent en même temps, submergés par l'armée achéronienne.

Silentz amorça un virage serré, intrigué par le grondement qui s'élevait plus au sud, à l'intérieur des quartiers du Griffon. Les immenses portes de bronze de la cathédrale akkylanienne s'étaient ouvertes devant Dragan d'Orianth et quatre-vingts chevaliers du Lion. Le baron avait anticipé la chute de la Grise et surtout l'apparition des dragons des Ténèbres. À l'instant même où il avait vu le premier d'entre eux se déployer au-dessus d'une tour, il avait réquisitionné la cathédrale avec l'accord des magistrats et mis les cavaliers à l'abri. Cette bâtisse imposante et sacrée présentait, à ses yeux, un atout stratégique majeur. Au pied du parvis s'étendait une rue en pente douce empruntée d'ordinaire par les processions religieuses de ses alliés akkylaniens.

Les destriers franchirent le parvis au trot et accélérèrent l'allure petit à petit sur les deux cents mètres qui séparaient la cathédrale des premières barricades établies sur les ponts de l'ouest.

Précédés par le Miséricordieux et l'étendard de la baronnie d'Aderan, les chevaliers de Kaïber chargèrent l'ennemi. Rien, en ce jour, n'aurait pu arrêter cette colonne de lumière au galop qui perfora les rangs ennemis, rien n'aurait pu freiner la course pesante des destriers d'Alahan alourdis par le poids de leurs caparaçons d'or et d'acier, rien n'aurait pu les empêcher de bondir par-dessus les barricades pour se frayer un passage jusqu'au pied de la Grise avant de faire volte-face pour affronter les débris de la horde foudroyée.

Des trois ponts de l'ouest, un seul avait pu être sauvé par le baron d'Orianth, mais les hérauts de justice avaient montré l'exemple. Sur le pont voisin résonnait déjà le cliquetis sauvage des échasses de guerre. Les silhouettes éthérées et majestueuses des Échaïms venaient appuyer les Lions acculés dans les maisons qui bordaient la Faille. Les conscrits se battaient avec l'énergie du désespoir. Dans les escaliers tortueux, les fusiliers se ruaient sur leurs assaillants pour les empaler sur leurs canons. Des zombies hurlaient au son des balles déchargées dans leurs poitrines putréfiées.

En première ligne, Kyllion et Ortho virent tous deux Caer Maloth conduite par le commandeur cynwäll plonger vers l'Alderion.

Les dragons des cimes menés par Syd avaient adopté une trajectoire téméraire, peut-être même suicidaire, pour fondre sur leurs frères ténébreux. Caer Maloth, la doyenne de Kaïber, exigeait ce sacrifice afin que Syd, son protégé, puisse atteindre la liche. Tous avaient accepté sans hésitation. Mourir pour Caer était un acte naturel et honorable.

Cramponné sur sa selle, Syd gardait les yeux fixés sur le globe éventré de l'Alderion. La pluie crépitait sur son masque, le vent sifflait à ses oreilles. Caer Maloth multipliait les contorsions et les dérobades pour se rapprocher sans combattre. À chaque seconde, Syd pouvait sentir l'influence des Ténèbres grandir. L'air était saturé d'émanations maléfiques, des aiguillons et des mâchoires hargneuses les frôlaient sans jamais les atteindre ou les ralentir.

À travers le rideau de pluie, il reconnut enfin une silhouette tassée qui, jadis, avait été son frère.

Au prix d'une manœuvre périlleuse, Caer Maloth parvint à se poser un bref instant sur le plancher de l'Alderion avant de rejoindre ses compagnons. Syd sauta de sa selle, roula sur lui-même et se rétablit sur ses pieds. D'un regard, il embrassa toute la scène.

La liche se trouvait devant lui, à moins de six mètres, en compagnie de Cyrael, la nécromancienne. Le cœur battant, Syd vit son père, légèrement sur la droite, qui rampait dans leur direction, le visage contracté par la souffrance.

Désormais, grâce à l'incarnation, Syd voyait distinctement des lignes noires et fracturées rayonner du torse de son frère. Elles fusaient dans le ciel jusqu'aux dragons pervertis pour fouetter leurs échines et les guider au combat. C'était surtout un lien brutal, une chaîne maléfique qui retenait leurs âmes prisonnières.

Syd dégaina son épée et s'approcha avec prudence.


Cyrael perçut la présence sourde de la Lumière qui progressait dans sa direction. La nécromancienne constituait le dernier rempart entre Syd et la liche. Exténuée, elle souleva une paupière et dodelina de la tête comme si elle refusait encore d'y croire. Dans ses bras, la liche haletait, les lèvres teintées d'un liquide noir et visqueux qui dégoulinait sur son menton.

Cyrael leva son bâton et le pointa vers l'elfe. Un son lugubre s'échappa de la racine vibrante, un son qui ressemblait à une prière déformée. Le Mal filtrait l'écho des meutes venues jadis se recueillir dans l'enceinte du Cercle de pierre où le bâton était né.

Un fantôme se matérialisa sous la pluie. Un Wolfen imposant et spectral, un gardien des sépultures armé d'une faux et d'un cimeterre, le visage dissimulé sous un masque de bélier. La créature invoquée par Cyrael existait par transparence, dans un corps diaphane qui ressemblait à une sculpture de verre.

La nécromancienne cherchait un sursis. Elle sentait la détermination du Cynwäll. Elle pouvait le retarder, elle ne pouvait pas le tuer. Il lui fallait accorder à Sorokin un répit suffisant pour permettre aux dragons des Ténèbres de vaincre dans le ciel et de revenir la protéger.

La confusion régnait au-dessus de l'Alderion. Caer Maloth menait les siens à un combat perdu d'avance dans le seul et unique espoir de voir Syd exécuter la liche avant qu'il ne soit trop tard.

L'elfe et le fantôme commandé par Cyrael s'affrontèrent en silence. Syd se déplaçait avec souplesse, en pas chassés et limpides qui soulevaient de petites gerbes d'eau à la surface du plancher. Le Wolfen, lui, cherchait à gagner du temps. Il ne prenait aucun risque et se contentait de parer ses attaques. Les minutes s'égrenaient et jouaient en faveur des Ténèbres. Les dragons des cimes avaient déjà payé un lourd tribut. Deux d'entre eux, blessés à mort et trop faibles pour poursuivre la lutte, s'étaient sacrifiés en se jetant sur les ponts de l'est, au cœur de la horde.


Kyrô se pétrifia en voyant son fils lâcher soudain son épée, fermer les yeux et adopter une position de combat semblable à celle d'un Équanime.

Syd ne pouvait plus attendre. Le combat s'éternisait. Il prenait sa décision en conscience, persuadé que chaque seconde perdue condamnait un dragon des cimes à la mort. Un soupir suffit à confier sans réserve l'usage de son corps à l'instinct et au savoir du Sphinx qui imprégnait l'Échyrion.

Désemparé par la conduite du Cynwäll, Cyrael ordonna au fantôme d'agir avec prudence. Le Wolfen prit ses distances et se mit à tourner lentement autour de Syd, le cimeterre pointé dans sa direction.

Syd s'infligeait une terrible torture mentale avec la certitude de pouvoir la retourner à son avantage. Son sang se rebellait contre cette capitulation contre nature, contre cette soumission volontaire au Principe obscur. Son cœur s'emballa. Il était seul. Avec son histoire, ses doutes et ses sentiments. Il était Syd de Kaïber, fils de Kyrô et d'Ahelen, creuset des influences mêlées de l'Utopie du Sphinx et de l'Alliance ophidienne.

Ses pensées se focalisèrent sur les filaments ténébreux qui reliaient la liche aux dragons des Ténèbres. La discipline enseignée par ses maîtres devint la forge de son âme afin que la Clarté puisse refluer et céder sa place à la magie du typhonisme.

Il eut à peine conscience des impulsions du Sphinx qui animèrent son corps et donnèrent à l'artefact l'opportunité de parer une première attaque du spectre Wolfen. En revanche, sous ses paupières scellées, il vit apparaître une serre de dragon identique à la sienne, un reflet intangible et perverti de l'Échyrion.

Il oscillait à la frontière du Mal et distinguait, dans le prolongement de cette main glacée, un Cynwäll corrompu dont les pupilles cendreuses se dilataient pour devenir des gemmes de ténèbres. Miroir des Abysses, le typhonisme lui montrait l'avenir le plus sombre.

*Son* avenir.

Cette vision fugitive se dissipa lorsqu'il projeta le reflet de l'Échyrion en direction de la liche. Tout comme le Mal s'était masqué sous les traits de Melehän pour pénétrer dans la forteresse, l'artefact venait de revêtir le masque des Ténèbres pour tromper les barrières érigées par la liche.

Kyrô retrouvait ses forces. Quelques instants auparavant, il peinait encore à ramper en avançant un coude après l'autre. À présent, malgré une douloureuse sensation de vertige, il parvenait à tenir sur ses jambes. Il se pencha pour rafler un tesson de verre et tituba jusqu'à la nécromancienne.

Cyrael tressaillit. Elle entendait le pas lourd de Kyrô dans son dos et savait déjà qu'elle n'aurait pas la force de le repousser.

Sans même se retourner, elle agrippa les poignets de Sorokin dans l'espoir de lui céder les dernières parcelles de son énergie. Tassée dans ses bras, la liche ne réagit pas, le regard terne et lointain.

Syd ne cherchait plus à progresser vers Sorokin. Son attention se focalisait désormais sur les rets noirs tissés entre la liche et les dragons des Ténèbres. Il était convaincu qu'en coupant les laisses il priverait le maître de ses créatures. Il franchit les deux mètres qui le séparaient de la première. Un crissement sourd s'éleva sous ses doigts. Le premier cordon ombilical qui reliait un dragon à la liche venait de céder. Une bouffée de rage au parfum abyssal glissa jusqu'à lui, mais il avait surtout perçu, au-delà, le soupir apaisé d'un dragon des cimes rendu à son tombeau.

Sorokin était impuissant.

Un à un, les dragons des Ténèbres se figèrent dans la tempête tandis que l'elfe bondissait au milieu de l'Alderion et tranchait les fils avec un appétit féroce. En quelques instants, les immenses squelettes animés par le Principe obscur redevinrent les reliques d'antiques créatures dévouées à la Lumière et se disloquèrent dans les airs.

Une pluie de nacre tomba sur le quartier cynwäll en un poudroiement sacré que des milliers de soldats disséminés le long de la Faille saluèrent avec des cris de victoire.

Au moment même où son père armait son bras pour décapiter Cyrael, le reflet maléfique de l'Échyrion tenta de pousser son avantage pour atteindre le cœur de la liche. Syd sentit sa main heurter de plein fouet les fondations intangibles d'un portail ténébreux, une sphère noire constituée autour du cœur qui se mit à grossir à vue d'œil et engloba peu à peu la poitrine de Sorokin de Vanth. Des ruisseaux de mana grondaient à sa surface et dispersaient aux alentours des gouttes d'onyx qui creusaient la pierre comme de l'acide.

Syd et son père reculèrent à bonne distance, incapables de freiner la naissance du portail. L'énergie déployée par les Abysses rayonnait comme un soleil noir au sommet de l'Alderion. Syd entendit la rumeur gutturale du Monde mort filtrée par le mana. Les parois de la sphère enflèrent encore et avalèrent le corps décharné de Cyrael. Malgré deux nouvelles tentatives, Syd ne parvint pas à approcher le reflet de l'Échyrion des limites du portail. Rien, en dehors de la liche et de la nécromancienne, n'était en mesure de résister à cette énergie primordiale nourrie aux sacrifices des disciples qui mouraient par centaines dans les Abysses. Là-bas, sous l'œil froid de Kaïan Draghost, le Dragon des Ténèbres, une foule soumise se déversait de part et d'autre du trône des arcanes et se jetait dans le vide pour s'écraser sur une immense esplanade de pierre où était apparu l'autre versant du portail.

Les Ténèbres reprenaient ce qu'elles n'avaient pu achever.

Syd, tout comme son père, se couvrit les yeux pour ne pas être aveuglé lorsque la foudre frappa à la surface du globe. Le portail avait agi, tel un aimant, sur la tempête primagique et attiré à lui des éclairs qui se consumèrent dans les ruisseaux de mana. Sorokin et Cyrael disparurent brutalement, happés dans le néant, ne laissant derrière eux que l'écho rageur d'un dernier dragon des Ténèbres rendu à la Lumière.

# Épilogue

Une fumée âcre flottait sur Kaïber.

La forteresse avait tenu. L'ennemi avait été stoppé sur les ponts de la Faille. L'élite achéronienne avait sacrifié ses dernières troupes pour couvrir une retraite précipitée et fuir vers le nord en laissant derrière elle des dizaines de milliers de cadavres. Dès l'instant où les dragons-squelettes s'étaient désagrégés dans le ciel, nécromants et guerriers-crânes avaient su que la bataille était perdue. Le complot orchestré par Feyd Mantis et Kaïan Draghost avait échoué.

Les défenseurs comptaient leurs morts et pansaient leurs plaies. Dans les cours intérieures du castel, les Lions édifiaient d'immenses bûchers pour consumer les cadavres ennemis, tandis que les inquisiteurs et les prélats akkylaniens bénissaient les couloirs de la Grise pour effacer les souillures. L'odeur était insoutenable, le carnage presque abstrait. Partout, hommes et femmes travaillaient, le visage recouvert d'un foulard, pour dégager les corps de leurs compagnons et les porter vers l'énorme convoi funéraire qui se constituait aux frontières de la baronnie d'Algérande.

Les survivants relevaient en chaque lieu les traces de combats acharnés, de sacrifices et d'actes de bravoure. Il y avait ici et là le témoignage muet et funeste des héros anonymes qui avaient donné leur vie pour que les légions démoniaques soient une fois encore arrêtées aux portes du royaume d'Alahan.

Dans les quartiers du Lion, les blessés se recueillaient devant les statues d'Élan, la déesse de la fertilité. À leurs hommages vibrants faisait écho le carillon des cloches akkylaniennes qui appelaient leurs fidèles à la prière. Fusiliers et conscrits s'étaient rassemblés spontanément sous les voûtes de la cathédrale, au milieu de la paille et du crottin laissés par leurs alliés. Nul ne pouvait oublier que les chevaliers d'Alahan avaient trouvé refuge ici, à l'abri des dragons-squelettes, et mené une charge digne de légende aux dernières heures de la bataille. Boiteux et livides, bandés, ivres de fatigue, les blessés avaient communié sans songer au lendemain, heureux simplement d'être là, vivants, et de reconnaître dans la foule le visage d'un vieux compagnon. Au cours de la messe, Eschelius le Fervent s'arrangea pour que ses hommes, une petite vingtaine, soient assis au premier rang et joignent leurs voix à la sienne afin que résonne le souvenir des justes tombés dans les contre-forts du Ponant.

Le ciel s'était apaisé. Une fine bruine avait succédé aux pluies torrentielles, comme un baume tiède et providentiel. Les forces primagiques déchaînées par l'écho des combats s'étaient retirées pour céder le pas à des nuages gris et indolents.


Un petit groupe d'hommes se tenait au pied de la Porte des Justes en compagnie d'un père et de son fils que Kaïber avait, un temps, séparés avant de les réunir.

Kyrô serra Syd contre son cœur, sans dissimuler son émotion. Le visage tiré, Ortho se tenait en retrait et observait avec attention le convoi funéraire conduit par le Miséricordieux disparaître vers le sud, derrière les collines boisées d'Aldéran. À son côté, bras croisés sur la poitrine, Kyllion le Jeune discutait à voix basse en compagnie de Drym, son garde du corps. Le faucheur écoutait avec attention les dernières consignes de son commandeur sollicité de toutes parts pour superviser les travaux de reconstruction. En dépit de l'urgence réclamée par la situation, le Lion avait néanmoins tenu à être présent pour le départ de Syd.

La rumeur s'était déjà emparée du jeune commandeur.

Syd ignorait qu'elle enflerait encore dans les jours à venir, que des disciples, debout dans les amphithéâtres des universités de Wyde, applaudiraient le récit de la bataille et le rôle qu'il avait joué pour sauver Kaïber. Il ignorait aussi que le Guide se saisirait d'une plume, dans les heures froides de l'aube, pour écrire une nouvelle page de l'enseignement d'Akaris et raconter comment il avait espéré que cette victoire ne serait pas celle de Kaïber mais celle d'un dénommé Syd afin qu'il serve d'exemple et fasse en sorte que tribëns et hélianthes s'accordent pour ouvrir les temples de Lanever et partagent, sans arrière-pensée, les secrets du Sphinx avec les Lions et les Griffons.

De la forteresse, Syd était bien décidé à ne garder que le nom. Il était venu sur ordre du Guide et, contre toute attente, avait trouvé ici les réponses aux questions qui le hantaient. Il n'avait pourtant pas l'intention de rester et de se soumettre aux exigences d'un commandeur. Sa vie, la vraie, celle qui, finalement, lui ressemblait le plus, ne pouvait s'épanouir entre les quatre murs de Kaïber. Il avait été le commandeur d'une seule bataille. Les suivantes se feraient dans l'ombre, à son échelle, en compagnie de Soïm et de Nelphaëll.

Sa liberté avait un prix. Il laissait son père au jugement des tribëns et ignorait encore si le Premier tribunal accepterait de lui rendre son commandement. Il laissait derrière lui Horlënn et l'odeur piquante de l'Atelier, mais aussi et surtout un dragon. Peu de temps auparavant, Caer Maloth était partie vers Laroq afin de rencontrer le Guide et évoquer avec lui l'avenir compromis des dragons de Kaïber. Seuls quatre d'entre eux avaient survécu. Les anciens et leur expérience décimés, la doyenne devrait bientôt trouver et former de jeunes dragons pour veiller sur les chaînes du Béhémoth.

Son père s'écarta pour laisser Ortho et Kyllion approcher. Le légat impérial accepta à contrecœur de serrer la main tendue de l'Échyrion. Malgré les combats et les serments de l'Alliance, un large fossé séparait encore les Akkylaniens et les Cynwälls. Puis ce fut au tour de Kyllion, qui, très simplement, le remercia et lui souhaita bonne route en lui donnant l'accolade.

Le trièdre reconstitué quitta la forteresse sur les traces du convoi funéraire et se fondit dans la nuit.
Syd de Kaïber était né.
Et son Ombre grandissait.

Confessions d'un automate mangeur d'opium
*(avec Fabrice Colin)*
*Prix Bob Morane - Imaginaire 2000*
*Mnémos, 1999*
*et Le Serpent à Plumes, « Motifs » n° 171*


Cœur de Phénix
Les Chroniques des Féals, I
*Bragelonne, 2000, 2006*
*et « J'ai Lu Fantasy » n° 6707*


Le Fiel
Les Chroniques des Féals, II
*Bragelonne, 2001, 2006*
*et « J'ai Lu Fantasy » n° 6758*


Le Roi des cendres
Les Chroniques des Féals, III
*Bragelonne, 2003, 2006*
*et « J'ai Lu Fantasy » n° 7298*


Arcanes féeriques :
Carnets de voyage de Sinane l'enchanteur
*(avec Amandine Labarre)*
*Tournon, 2005*


Les Cendres de la colère
Le Cycle des ombres, II
*Rackham, 2005*
*et « Points Fantasy », à paraître*


**Sous le pseudonyme de William Hawk**


Le Roi déchu
Cycle L'Âme des Rois Nains I
*Mnémos, 1998*

La Tour des Mages
Cycle L'Âme des Rois Nains II
*Mnémos, 1998*

L'Ombre de Noth
Cycle L'Âme des Rois Nains III
*Mnémos, 1998*

RÉALISATION : IGS CHARENTE PHOTOGRAVURE À L'ISLE-D'ESPAGNAC
IMPRESSION : BRODARD ET TAUPIN À LA FLÈCHE
DÉPÔT LÉGAL: JUIN 2007. N° 94783 (41914)
IMPRIMÉ EN FRANCE